직장인 휴가를 이용한

서유럽 자동차 여행

직장인 휴가를 이용한 ❙❙ 🇬🇧 🇨🇭 서유럽 🚗 자동차 여행

초판 1쇄   2017년 12월 6일

지은이   김헌, 손의순
발행인   김재홍
디자인   이근택
교정·교열   김진섭
마케팅   이연실

발행처   도서출판 지식공감
등록번호   제396-2012-000018호
주소   경기도 고양시 일산동구 견달산로225번길 112
전화   02-3141-2700
팩스   02-322-3089
홈페이지   www.bookdaum.com

가격   13,000원
ISBN   979-11-5622-328-3 03810

CIP제어번호   CIP2017029052
이 도서의 국립중앙도서관 출판예정도서목록(CIP)은 서지정보유통지원시스템 홈페이지(http://seoji.nl.go.kr)
와 국가자료공동목록시스템(http://www.nl.go.kr/kolisnet)에서 이용하실 수 있습니다.

직장인 휴가를 이용한

서유럽 🚗 자동차 여행

|김 헌·손의순 지음|

문학공감

들어가는 말

  아우구스티누스는 '세계는 한 권의 책이다. 여행하지 않는 사람은 그 책의 한 페이지만 읽는 것과 같다.' 고 말했다. 여행에 대해 많은 것을 생각하게 하는 말이다.

  현재 유엔가입 국가는 193개 국가로 그중에 23개국을 여행했으니 아우구스티누스의 말대로라면 '세계'라는 책 193페이지 가운데 23페이지까지 읽은 것이 된다. 물론 23페이지를 모두 정독한 것은 아니다. 어떤 페이지는 그림만 보고 대충 지나가고, 어떤 페이지는 내용을 음미하면서 읽고, 어떤 페이지는 다음 페이지로 넘어가기 위해 그냥 페이지를 넘긴 것도 있다.

  '지구'라는 책은 반드시 정독할 필요는 없다. 여행은 어떤 지식을 습득하기 위한 것도 아니고, 어떤 지역에 대해 연구하여 그 결과물을 도출하기 위한 것은 더더욱 아니다.

  '지구촌'이라는 큰 마을에서 같은 시대를 살아가는 이웃 사람은 누구인지, 어떻게 생활하는지를 확인하고 알아가는 것 그 자체가 즐거움이다.

  내 나이와 경제적 환경, 그리고 퇴직 후의 새로운 일터를 감안하면 아직 읽지 않은 24페이지부터 193페이지까지 끝까지 읽을 수 없다. 다만, 가능하다면 몇 페이지 정도는 더 읽고 싶다. 어떤 내용인지 궁금하기 때문이다.

직장인 휴가를 이용한 서유럽 자동차 여행

집에 모아둔 여권을 확인해 보니, 지금까지 4개의 여권을 발급받았다. 비행기를 처음 탄 것은 22년 전 1995.5.16 미국행 비행기였다. 지금은 미국과 무비자 협정을 통해 비자 없이 미국을 다녀올 수 있지만, 그 당시 서울에 있는 미국대사관에서 영사와 인터뷰를 통해 비자를 받았다. 뉴욕, 워싱턴, 시카고, 버팔로 등 매일 비행기 United Airlines 로 돌아보는 패키지여행이었는데, 1주일 동안의 짧은 휴가였지만 나 혼자 여행 중간에 샌프란시스코 공항을 통해 귀국할 때, 항공권을 끊고 출국하는 과정은 새로운 경험이었다.

2년 뒤인 1997.10.15 미국여행 때 적립한 마일리지로 3박 4일 일정으로 홍콩, 마카오를 다녀왔다. 샌프란시스코 공항에서 혼자 힘으로 귀국했다는 그 사실 하나만으로도 자신감이 생겨 그 당시 유명한 오성식 영어회화 테이프를 구입하여 '관광 편'에 해당하는 책 한 권을 외웠고, 『필수 여행자 영어 최혁순 지음』의 중요 문장을 외워 나 자신을 테스트한다는 생각으로 홍콩을 다녀왔다.

홍콩을 여행지로 정한 것은 미국여행으로 적립한 유나이티드 항공사 마일리지로 갈 수 있는 곳이 홍콩이었고, 영어권의 작은 도시로 평소에 가보고 싶은 도시였기 때문이다. 이때의 심정은 홍콩에 가서 언어 소통이 되지 않아 여행을 할 수 없으면 공항에서 하룻밤을 자고, 다음날 귀국할 생각으로 출발했다.

내 아내의 '한 번 먹은 마음 변치 말고 잘 갔다 오라'는 격려가 큰 힘이 되었다. 서울에서 홍콩으로 가는 비행기 안에서 이런저런 생각에 잠겨있을 때 비행기는 공항에 도착하였고, 비행기에서 내리자 오히려 마음이 편안해졌다.

공항에서 홍콩 지도를 한 장 집어 들고, 공항 앞에서 기다리던 택시 기사에게 미리 예약한 호텔 바우처를 보여주어 호텔에 잘 도착하였다. 이때부터 자신감이 생겨 지하철과 버스를 이용하여 해양공원 등 주요 관광지를 구경하고, 빅토리아 피크 트램은 通해 야경을 감상하였으며 배, 케이블카 등 모든 교통수단을 이용해보고, 마카오도 다녀왔다. 식당에 갔는데, 본토 중국어로 메뉴판을 적어 놓아 도무지 알 수가 없어서, 사람들이 먹고 있는 음식을 가리키며 'same here'이라고 주문하였다. 그 당시 먹은 음식이 무엇인지 아직도 모른다. 그다음 날부터는 맥도날드에서 식사를 해결했다. 시장에서 과일을 사고 우리나라 돈도 받는다고 하여 천원 권 지폐로 지불하였다. 지금은 어떤지 모르지만…. 이렇게 사소하지만 직접 겪어봐야 알 수 있는 경험들이 큰 즐거움을 주었다.

홍콩과 마카오 여행을 통해 자신감을 얻어 2000년 2월, 4박 5일 일정으로 아내와 같이 싱가포르를 다녀왔다. 부모님이 미국에 있는 첫째 여동생 집을 여러 차례 방문하여 적립한 대한항공 가족 마일리지 7만 마일을 사용하여 두 사람 모두 무료 항공권으로 다녀온 것이다.

주롱새공원 jurong birdpark 에 입장할 때, '밀레니엄 2000'에 응모하여 귀국후 서울에 있는 싱가포르 관광청으로부터 당첨 전화와 편지를 받기도 했다. 여행 출발 전 일정표를 짰는데 지금 봐도 여행사 일정표와 같이 잘 짜졌고, 빠짐없이 돌아봤다.

2001.7.29 유럽여행이 가장 기억에 남는다. 독일에 거주하던 둘째 여동생 초청으로 우리 가족 4명이 갑자기 독일로 가게 되었는데, 7월 말은 여행 성수기로 태국 방콕을 경유하는 타이항공권은 구입하였지만 방콕에서 독일로 들어가는 항공권 1매를 구하지 못해 7살 자녀를 예약 대기 상태로 출발하여 방콕에서 환승 시 공항직원들을 놀라게 한 적이 있다.

"우리는 모두 한가족이다. 항공권이 없는 자녀는 7살이다."

이렇게 말하자, 공항 출국심사대에서 난리가 났다. 항공권이 없는 사람이 환승 비행기를 타러 왔기 때문이다. 자녀 항공권을 예약상태로 둔 것은 서양 사람들의 어린아이에 대한 배려를 은근히 바랐기 때문이다. 그들이 모여 의논을 하더니 항공권을 마련해 주어서 가족 모두 출국할 수 있었다. 우리 가족이 제일 늦게 공항 경비 차량을 이용해 비행기에 탑승했는데 모든 탑승객들이 원망 섞인 눈으로 바라보고 있는 것 같았다. 비행기 출발이 우리 가족 때문에 지연되었기 때문이다.

공무원이나 공공기관, 일반 회사 등 보통의 직장을 다니는 사람들은 동남

직장인 휴가를 이용한 서유럽 자동차 여행

아시아, 일본 등은 3박 4일 일정으로 휴가를 이용하여 쉽게 다녀올 수 있지만, 유럽 여행은 많은 제약이 따른다. 휴가를 일주일 이상 갈 수 없기 때문이다. 추석과 설날을 이용하여 여행을 다녀온 적도 있었다. 이렇게 연휴를 이용해 여행을 떠난 것은 '나이 들면 돈이 있어도 여행을 할 수 없다. 한 살이라도 젊을 때 세상을 경험하라'는 부친의 말이 있었기 때문이다.

직장을 퇴직하면 1년간 유럽에서 살기로 오래전에 아내와 약속했다. 30년이 넘는 직장생활에 대한 나 자신과 아내에 대한 감사의 마음을 유럽여행으로 보상하기로 한 것이다. 퇴직을 3년 남겨놓은 현시점에서 유럽 자동차여행을 짧게나마 경험하기로 한 결정적 요인은, 2016년 직장에서 개최한 '명사 특강'에 참석한 것이 계기가 되었다. 6개월간 한 가족이 중고버스를 구입하여 블라디보스톡에서 러시아를 횡단, 유럽을 다녀온 경험담을 듣고 퇴직 후 여행 예행연습으로 10일간의 일정으로 유럽을 다녀오게 된 것이다.

지금까지 12차례 20개국을 여행하면서 자동차를 렌트하여 여행을 해보지 못했기 때문에 예행연습이 필요하다는 여행의 명분을 스스로에게 부여하고 실행에 옮겼다. 여름 휴가철과 5월 연휴 및 10월 연휴를 이용하려고 항공권을 알아보았으나 금액이 너무 비싸 항공권이 비교적 저렴하고, 여행하기에 좋은 6월을 선택하였다. 여행기간은 2017.6.1목~10토일로, 토요일과 일요일 그리고 6월 6일 현충일을 포함하였고, 실제 직장의 휴가는 6일을 사용하였다.

인스타그램 2017년 5월 기준 은 세계 100대 명소 검색결과를 발표했는데 1위 에펠탑, 2위 빅벤, 3위 그랜드 캐니언, 4위 런던아이, 5위 엠파이어스테이트 빌딩으로 나타났다. 익스피디아도 2014년~2016년 희망 여행지를 분석한 결과를 내놓았는데 한국인은 1위가 파리, 2위 로마, 3위 런던이며, 외국인은 1위 런던, 2위 파리, 3위 로마로 나타났다.

이것을 종합하면, 영국 런던과 프랑스 파리가 세계인이 가장 선호하는 관광지라고 할 수 있다. 여행을 다녀와서 접한 이러한 기사들은 이번 여행지 선택이 탁월하였다는 생각이 들었다.

이번 여행 동안 프랑스 파리와 콜마르, 영국 런던, 스위스 세 나라를 아주 짧은 10일이라는 초단기간 동안 버스와 유로스타, 기차와 지하철, 택시 및 렌트카를 이용하여 둘러보았다. 프랑스 파리에 입국하여 2일간 버스 투어, 1일간 런던 버스 투어, 스위스 5일간은 렌트카를 이용한 자동차여행을 하였는데 렌트카는 하루 평균 400㎞를 달렸다. 9박 10일 동안 비행기에서 2박, 호텔 4박, 캠핑장 2박, 고속도로 휴게소에서 1박 렌트카 을 하였다. 내가 타고 다녔던 렌트카는 이름도 생소한 씨트로엥으로 귀국 후 프랑스 자동차라는 것을 알았다.

시중에 많은 여행 서적이 나와 있다.

한 가족이 길게는 1~2년 동안 부모는 직장을 그만두고, 자녀는 학교를 휴학하고 새로운 세계의 경험을 나눈 책을 읽은 적이 있다. 짧게는 1개월 이상 자동차나 기차를 이용한 자유여행의 경험을 기록한 책들도 많이 있다. 그러나 지금 쓰는 이 글은 장기간 여러 나라를 다녀온 화려한 여행경험을 적은 책이 아니다. 그렇다고 남이 가보지 않은 오지 여행 경험담을 적은 책도 아니고, 여행 정보를 제공하기 위한 여행전문 서적은 더더욱 아니다. 이 글은 단지 직장인의 짧은 일상적 휴가를 통해 어떤 방법과 일정으로 여행을 다녀왔는지에 대한 자료를 정리한 것이다.

영국 속담 중에는 이런 말이 있다. 하루를 기쁘게 살려면 이발을 하라. 한 주일을 기쁘게 살려면 승마를 하라. 한 달을 기쁘게 살려면 결혼을 하라. 한 해를 기쁘게 살려면 새집을 지어라. 평생을 기쁘게 살려면 정직하게 살아라.

여기에 덧붙여 본다. 풍성한 삶을 살려면 여행을 하라.

"세계는 한 권의 책이다.
여행하지 않는 사람은 그 책의 한 페이지만 읽는 것과 같다."

– 아우구스티누스 –

CONTENTS

🇨🇭 스위스

❚❚ 프랑스

나가는 말

부록

출국, *Leave a country*
여행 경로

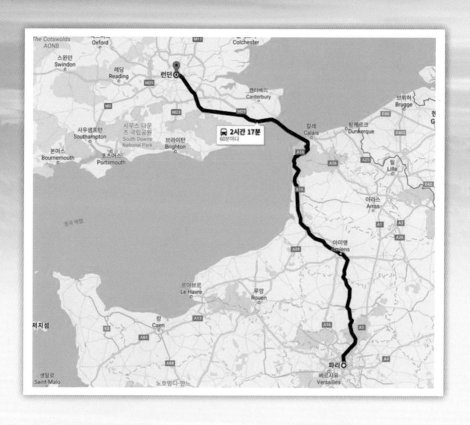

❶ 2017.6.2.~3. 🚌 버스 파리 관광
❷ 2017.6.4. 🚌 버스 런던 관광
　　– 파리·런던 / 유로스타 🚄

❸ 2017. 0. 5. ~9. 🚗 렌트카 8사 방향으로 진행

- 파리 ▶ 콜마르 ▶ 뇌샤텔 ▶ 라우터브룬넨 ▶ 툰 ▶ 브리엔츠
  ▶ 루체른 ▶ 알트도르프 ▶ 슈비츠 ▶ 취리히 ▶ 파리

Republic of Korea

김해 공항으로

2017.6.1 우리 부부는 집 경남 창원시 성주동 에서 공항리무진을 타기 위해 인근에 있는 남산 터미널에 도착했다. 약 40분 정도 걸려 김해공항 국제선 터미널에 도착하였고, 12시 45분 출발하는 중국 국제항공 CA130 탑승 수속을 밟았다. 여행 가방은 위탁 수화물 가방 2개, 기내용 2개를 준비했는데, 캠핑장에서 숙식에 필요한 이불과 담요, 전기담요, 전기밥솥 등으로 짐이 많아졌다.

중국국제항공 일반석 이코노미석 의 수화물 규정은 1인당 위탁 수화물 23kg, 기내용 5kg으로 제한되고 가방은 모두 파리 드골공항까지 운송되므로 경유지인 중국 베이징공항에서는 기내용 가방만 가지고 나오면 된다. 3년 전 말레이시아 페낭을 가기 위해 부산에서 출발하여 쿠알라룸푸르를 경유하여 페낭행 국내선을 갈아타고 간 에어아시아 저가항공도 짐을 페낭으로 바로 운반하는 것을 보면 세계 대부분 항공사가 경유지에서 찾을 필요가 없도록 운송 시스템이 잘 갖추어져 있다.

기내용 여행가방은 자체 무게만 해도 3kg 정도 되어 가방을 채우면 8~9kg가 되는데, 별도로 무게를 측정하지는 않았다. 지금까지 기내가방 무게를 측정하는 것을 본 적이 없다. 위탁용 화물은 기준 무게를 초과하면 1kg이든 23kg이든 11만 원의 초과 비용을 지불해야 한다 가방을 하나 더 위탁하는 것과 같음. 이미 인터넷을 통해 출국 수속을 해 놓았기 때문에 여권을 제시하자 예약시 미리 지정한 좌석대로 항공권이 발권되었다.

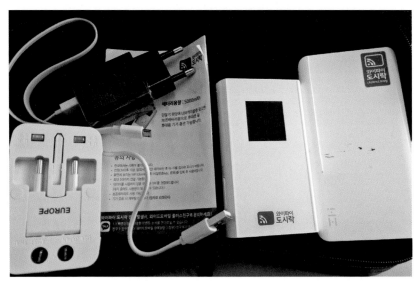

와이파이 도시락

국제선은 보통 출국 3시간 전에 도착하여 수속을 밟으면 환전과 휴대폰 로밍 등 출국에 따른 부수적인 일들을 보고, 면세점도 둘러볼 수 있는 여유가 있다. 수속 후, 이틀 전에 인터넷으로 주문한 와이파이 도시락을 3층 수화물보관소에서 수령하였다. 와이파이 도시락은 노트북과 핸드폰을 사용하기 위해서다. 로밍을 할까 생각도 했지만 금액이 상대적으로 저렴한 와이파이 도시락을 결정했다. 로밍은 휴대폰만 가지고 다니면 되는데, 와이파이 도시락은 본체와 보조배터리 등을 가지고 다녀야 하는 조금 불편한 점은 있었다. 그리고 출국일로부터 귀국일까지의 금액이 계산된다.

환전은 출국 며칠 전에 창원에 있는 은행에서 유로 및 프랑화로 100만 원을 환전하였다. 현지에서 대부분 신용카드로 결제하고, 렌트카, 입장권, 유로패스, 버스, 열차 등 기본적인 사항은 이미 국내에서 예약하였으므로, 현지에서 현금이 필요한 경우는 많이 없는 것 같아 비상금으로 준비했다. 물론 주차비 및 호텔 팁은 현금이 필요한데 여행 동안 약 40여만 원 정도 사용하였다. 그리고 환전은 큰 금액이 아니면 공항에서 해도 상관없다. 적은 금액은 환전차액이 크다고 하더라도 얼마 차이가 나지 않기 때문에 환전 금액에 따라 어디서 환전할지를 결정하면 된다. 나는 은행에서 미리 환전한 적이 없는데, 이번에는 아내가 은행 갈 일이 있다고 하여 미리 환전하게 된 것이다. 여행자 보험은 반드시 가입하되, 출국 전에 인터넷으로 미리 가입하는 것이 좋다. 여행 시작일로부터 2개월 이내에 가입할 수 있다.

공항에서 당일 가입할 수 있으나, 경험한 바로는 보험금이 아주 비쌌다. 여행자 보험은 보통 3단계의 가격으로 형성되어 있는데, 나는 지금까지 제일 낮은 가격대를 선택하였다. 보험금액에 차이가 나는 것은 나이 및 성별에 따라 그리고 여행 국가, 기간에 따른 기본적 차이 외에 여행 중 질병, 도난 등 보상 금액에 따라 달라지므로, 단계별로 금액의 차이가 많이 났다.

(위) 북경(BEIJING) 탑승 게이트 알림 전광판
(아래) 김해국제공항의 탑승 수속(중국국제항공공사)

비행기 좌석을 선택할 때는 창가의 좌석보다 화장실 사용이 편한 자리를 선택해야 한다. 장거리 여행일 경우 화장실을 들락거릴 때 옆사람에게 양해를 구하는 것이 귀찮기 때문이다. 그리고 창가에 자리를 잡아도, 비행기가 이륙하면 아무것도 보이지 않기에 더욱 그렇다.

항공권 가격은 1인 827,000원으로 웹 투어를 통해 구입하였는데, 항공권의 가격 및 경유지 정보, 경유 시간 등 모든 정보를 비교하기 좋은 곳이다. 해당 항공사의 홈페이지를 통해 항공권을 확인해도 가격이 비슷하거나 오히려 비싼 경우도 많다. 과거에는 유럽이나 미국을 가려고 하면 인천에서 출발하였는데, 지금은 부산 김해 에서도 경유 항공노선을 선택하면 못 가는 곳이 없을 정도이다. 여러 번 외국을 나가 보았지만 나갈 때마다 긴장감과 기대감과 설렘이 교차한다.

여행은 준비과정의 설레임과 여행 중의 즐거움, 그리고 여행 후의 추억을 가져다주어 삶을 더욱 풍성하게 해준다.

공항 출국장으로 들어가서 짐 검사를 하고 있는데, 다른 공항 직원이 불렀다. 칼과 카레, 김치가 기내용 가방에 있었던 것이다. 이런 것들은 위탁 화물로 보낼 수 있지만 기내용 가방에 넣고 들어갈 수 없는 품목으로 아내에게 위탁화물 가방에 넣으라고 했으나, 아내가 기내용 가방에 넣었던 것이다. 모두 압수당하고, 김치는 그냥 버리기 아까워 공항에 근무하는 직원들에게 나누어 주었다. 그래서 여행 기간 내내 김치는 먹어보지 못했다. 물론 파리 시내에 한국 마트를 찾아 구입할 수 있지만 10일이라는 짧은 기간이므로 김치없이 지내 보기로 했다.

경유지 북경에 도착

비행기는 김해공항을 이륙한 지 2시간 20분 만에 북경수도공항 3터미널에 도착하였는데 그동안 기내식이 한 번 제공되었다. 사드배치 문제로 중국과 관계가 좋지 않아 항공 노선이 취소되지 않을지 걱정이 되어 다른 항공사 좌석도 알아보았는데, 일정이 맞지 않아 그대로 진행하였다. 이제 북경에 도착하였으므로, 이런 걱정은 해결된 것이다.

파리로 가는 비행기는 12시간 뒤인 다음 날 새벽 2시 5분 출발이다. 중국은 북경을 24시간 이내에 경유하여 출국하는 승객을 위해 무비자 입국제도를 시행하고 있으며, 중국국제항공은 경유 승객들을 위해 트랜짓 호텔과 트랜짓 라운지를 운영하고 있다. 중국국제항공 홈페이지를 통해 신청하면, 바로 회신이 온다.

트랜짓 호텔은 북경 시내에 있는 호텔 1박을 무료로 사용하는 것인데, 조식을 제공한다. 공항의 경유 승객이 통과하는 통로 옆에 해당 호텔에서 데리러 오고, 공항에 데려다준다. 처음에 체류시간 12시간을 이용하여 북경 시내를 구경하려고 트랜짓 호텔을 신청하여 배정받았으나 자금성 홈페이지를 확인한 결과 4시까지만 입장이 가능하므로, 공항에서 수속을 밟고 나가서 2시간 안에 자금성에 갈 수 없어서 취소하고, 트랜짓 라운지를 신청하였다.

트랜짓 라운지는 3터미널 E10번 게이트 바로 앞에 있는데 입구로 들어가서 엘리베이트를 타고 올라가면 된다. 음료수와 스낵 등을 무료로 제공하고, 휴대폰을 충전할 수 있다. 그리고 4시간 정도 수면실에서 잠을 잘 수 있고, 샤워도 할 수 있다.

수면실은 빈 곳이 없어서 샤워실을 이용해보았다. 줄을 서 있으면, 샤워실이 빌 때마다 관리인이 순서대로 안내해준다. 승객 유치 일환으로 자신의 항공사를 이용하여 일시적으로 머무르는 사람을 위한 서비스이다. 사실, 중국 국제항공권을 구입하기 전에 베트남항공을 알아보았는데, 베트남 항공사는 환승시간을 활용한 호치민 시내를 무료로 관광하는 프로그램이 있었다. 그런데 내가 구입하려고 하는 항공권은 할인이 된 항공권이라고 하여 해당되시 않아 포기하였나. 아무튼 북싱을 서쳐 갈 때 시무한 시간을, 이곳을 이용하여 쉴 수도 있고 잠을 잘 수 있어서 좋았다. 12시간 동안 많은 사람들이 드나들었는데 어떤 때는 몇 사람만 있을 때도 있었고, 단체 관광객이 올 때는 자리가 모자랐고 소란스러웠다.

또한 트랜짓 라운지는 중국국제항공 일반회원이 사용하는 곳과 VIP 회원이 사용하는 곳으로 나뉘는데, VIP 회원이 사용하는 곳은 컵라면과 식사도 무료로 제공되었다. 같은 공간에 프론트데스크를 기준으로 좌우로 분리되어 있는데 과자, 비스켓, 음료 등이 제공되는 일반실과 확연한 차이가 있었다.

다음 날 새벽 2시 5분 프랑스 파리행 비행기에 몸을 실었다. 기내식이 두 번 나오고, 개인별 모니터가 있어서, 영화도 볼 수 있었다. 기내에서는 3년 전 말레이시아에 갈 때 기내에서 받은 실내용 슬리퍼를 미리 준비했는데, 장거리 비행에 편하게 사용하였다.

일반 회원이 사용하는 라운지

직장인 휴가를 이용한 서유럽 자동차 여행

비행기 직항을 이용하면 현지 호텔에서 첫날밤을 지내고, 다음 날 오전부터 여행하게 된다. 경유 비행기는 기내에서 잠을 자고 다음 날 아침에 현지에 도착 후 바로 관광을 하게 되는데, 이번 여행의 경우 기내에서 잠을 많이 잤으므로, 도착 후 관광을 해도 아무런 문제가 없었다.

파리 관광은 버스로 돌아보기 때문에 부담이 없었다. 우리는 여러 차례의 장거리 여행에도 시차 적응에는 아무런 문제가 없어서 다른 나라를 경유하는 비행기 타는 것을 좋아한다. 가격이 저렴하고, 경유지의 삶을 느낄 수 있기 때문이다.

프랑스,
파리 *France, Paris*

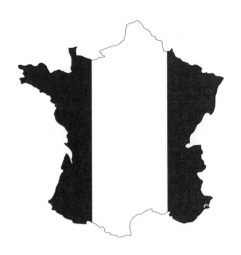

프랑스

- **국명** : 프랑스공화국
- **행정구역** : 22개 지방으로 나눔
- **수도** : 파리
- **언어** : 프랑스어
- **화폐** : 유로(EUR)
- **인구** : 약 6,700만 명
- **면적** : 643,810㎢
- **종교** : 카톨릭 60%, 이슬람 10%, 개신교 2%
- **정치형태** : 이원집정부제(대통령제와 의원내각제가 결합)
- **시차** : 한국보다 8시간 늦음(3~10월 Summer Time 실시할 경우 7시간)
- **전기** : 220v 우리나라와 같으나 플러그 모양에 따라 사용할 수 없는 것이 있음
- **기타** : 대한민국 국민은 관광 목적일 경우 90일 이내 무비자 협정체결

  175유로 이상 물품을 구입하였을 경우 세금환급(구입 후 3개월 이내)

  영사 콜센터 : 해외 송금 지원

  (신용카드 분실, 치료 등으로 긴급하게 자금이 필요한 경우)

|프랑스 역사|

프랑스는 유럽에서 가장 먼저 민족이 형성되었는데 9세기에 세워진 서프랑크 왕국이 프랑스 왕국으로 불리게 되었다. 987년 카페 왕조가 세워지고, 1328년 카페왕조의 마지막 왕인 샤를 4세가 아들을 낳지 못하고 사망하자 샤를 4세의 사촌, 필립 6세를 왕으로 추대하 영국 왕 에드워드 3세가 자신의 어머니가 샤를 4세의 딸이므로 자신이 왕위에 올라야 한다고 주장하여 백년전쟁(1337~1453)이 일어나 처음에는 프랑스가 열세에 몰렸으나 1429년 잔 다르크에 의해 평정되었다.

16세기 독일에서 일어난 종교개혁은 프랑스에도 영향을 미쳤는데 16세기 후반에는 종교전쟁(1562~1598)이 일어났다. 루이 14세의 베르사유 궁전 중심의 정치가 탄생하였고 루이 15세의 실정과 루이 16세의 사치로 인해 1789.7.14. 프랑스혁명이 일어났고 1793년 왕은 반혁명죄로 인해 단두대에서 처형되었다(프랑스 혁명으로 바로 처형된 것이 아니라 국왕으로서 직위를 유지한 채 새로운 정치 변혁을 모색하다가 처형됨).

이로 인해 의회의 공안위원회가 정권을 장악, 공포정치가 시작되었고 왕비도 처형 되었다. 1799년 나폴레옹은 쿠데타를 일으키고, 1804년에 황제에 즉위(1804-1814)하였고 오스트리아 등 여러 지역을 정복하여 누이와 동생을 왕으로 앉히는 등 세력을 넓혔다. 그러나 나폴레옹은 1812년 러시아 원정에 실패하고 1814년 연합군의 파리 입성으로 엘바 섬에 유배되었고 1815년 탈출하여 부하들의 도움으로 100일 동안 집권 후, 워털루 전쟁에서 패하고 세인트 헬레나 섬으로 귀양하였으며 그곳에서 사망하였다.

그 후 루이 16세의 동생인 루이 18세, 샤를 10세가 차례로 왕이 되었고 1851년 루이 나폴레옹 보나파르트가 쿠데타를 일으켜 나폴레옹 3세가 즉위하여 나폴레옹 가문이 다시 정권을 잡았다. 그 후 세계 대전이 일어나기 전에 사회운동으로 어지러웠으나 경제 사정이 좋아져서 프랑스의 황금시대를 구가하였는데 이때 예술운동도 활발하게 전개되었다.

두 번에 걸친 세계대전은 프랑스에도 많은 피해를 입혔지만 이를 계기로 프랑스의 문화가 한 단계 올라가고, 유럽에서의 정치적 영향이 증대되어 유럽 중심국가가 되었다.

|파리|

　파리는 프랑스 전체 면적의 0.2%를 차지하는데 인구는 1/6이 몰려있으며 세계 4위의 인구밀집 지역이다.

　파리의 기원은 시테섬에서 시작되었다. 1000년간 프랑스의 수도로서 지위를 가졌고 루이 14세가 베르사유궁전을 건축하여 일시적으로 행정중심이 이동되었으나 1789년 프랑스혁명을 기점으로 다시 파리가 행정중심 지역이 되었다.

　나폴레옹 3세 통치 기간에는 상하수도가 정비되고 1889년 에펠탑과 1900년에 지하철이 개통되었으나 1차 세계대전 때 큰 피해를 보았고, 2차 세계대전 때는 히틀러가 탄 장갑차가 개선문을 통과하는 아픈 역사를 가지기도 했다.

　히틀러의 파리시를 파괴하라는 명령을 지역 사령관이 듣지 않아 현재의 건물들이 잘 보존되고 있는 것은 다행한 일이다.

　파리는 인구 1,200만 명의 세계적인 규모의 도시로 세계인이 가장 많이 찾는 도시 중 하나다. 이들은 자신의 언어에 대한 긍지가 높아 관광지가 아니면 영어를 잘 사용하지 않는다.

파리에 도착

2017.6.2 오전 7시 25분경 드디어 파리에 도착했다.

파리 드골공항 Paris-Charles de Gaulle Airport 은 3터미널까지 있는데, 중국국제항공은 1터미널에 도착한다. 프랑스의 입국심사는 아주 간단히 진행되었고, 짐을 찾고 드골공항 CDG 을 순환하는 셔틀열차를 타기 위해 화살표를 따라서, 엘리베이터를 타고, 에스컬레이터를 이용하여 이동하였는데 조금 거리가 있었다. 시내로 나가는 RER 정류장이 있는 3터미널로 이동하기 위해서다. 국내에서 미리 알아본바, 짐을 가지고 계단으로 내려간다고 했는데, 짐을 들고 내려간 곳은 없었다.

3터미널에서 내려 국내에서 미리 RER 기차표를 예매하였으므로 표를 가지고 바로 역으로 들어가서 지하로 내려갔다. 북역으로 가는 열차가 도착한다는 내용이 전광판에 나타났다. 파리에서 처음 타는 기차여서 옆에 있는 외국인에게 북역으로 가는 기차가 맞는지 물어보았다.

전광판은 오전 8시 45분을 알리고 있다. 소매치기로 위험하다고 소문난 열차 안은 생각보다 깨끗했다. 오전이지만 기차 안은 많은 사람들로 북적였다. 드골공항에서 시내로 나가는 방법은 택시를 타거나, 루시 버스를 타거나, 일반버스를 타는 방법도 있지만 요금이 비교적 저렴하고, 편하게 갈 수 있는 것이 RER 기차이다. 열 번째 역이 목적지인 북역이다.

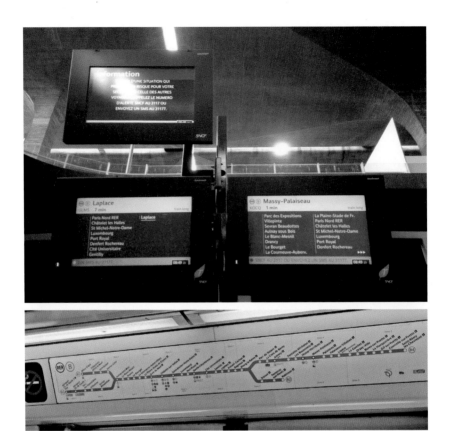

(위) 3터미널에 있는 RER역의 기차 도착과 출발을 알리는 전광판
(아래) 열차 안에 붙어 있는 노선표시

파리에는 3개의 공항이 있다. 25km 떨어져 있는 드골 공항은 우리나라 항공기 등 장거리 비행기가 이용하며, 9km 떨어져 있는 오를리 ORLY 공항은 유럽과 아프리카 항공사와 국내선 항공이 사용하고, 80km 떨어져 있는 보베공항 Beauvais 은 유럽 저가항공사가 이용한다.

파리는, 서울의 1/4 크기에 인구는 200만의 도시로 센강을 중심으로 자리 잡고 있다. 센강에는 총 32개의 다리가 있고 20개이 구가 있는데 시내심을 1구로 하여 우측 방향으로 돌아가면서 구의 번호가 적용되고 두 바퀴를 돌면서 20개 구가 배치되어있다.

파리의 교통수단으로는 메트로 지하철가 300여 개의 역으로 파리 시내를 이동하는 데 불편함이 없고 RER은 시내를 다니는 도시 철도로 5개 노선이 있고 일정 기간 및 구간이 표시된 것을 구입하면 해당 기간 동안 버스, 지하철도 모두 이용할 수 있다. 택시는 지정된 정류장에서만 탈 수 있고, 조수석에는 앉을 수 없다. 버스도 잘 발달해 있는데 주요 관광지를 거쳐 가는 버스가 많아 파리는 교통 인프라가 잘 갖추어져 있는 여행자를 위한 도시다.

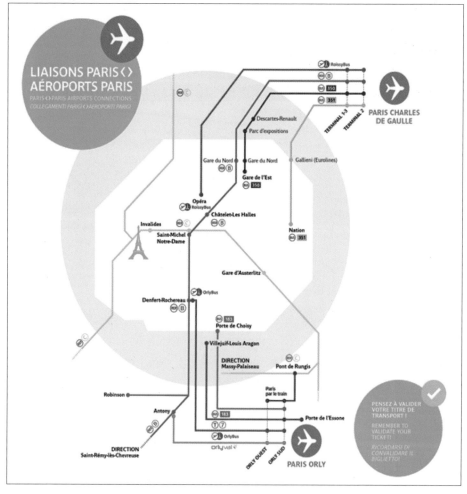

공항에서 시내로 이동하는 방법

직장인 휴가를 이용한 서유럽 ♠ 자동차 여행

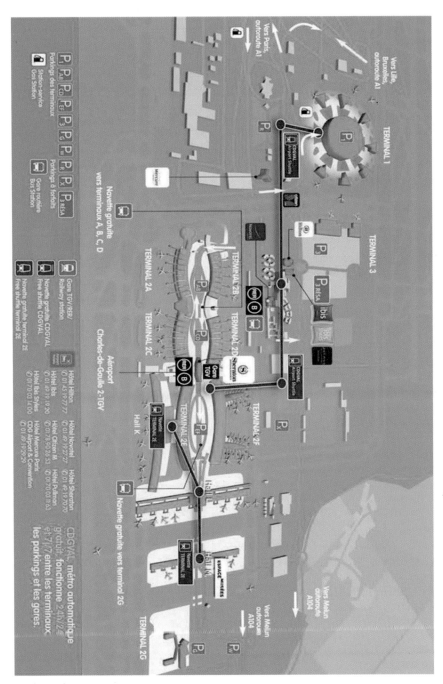

파리 샤를드골공항

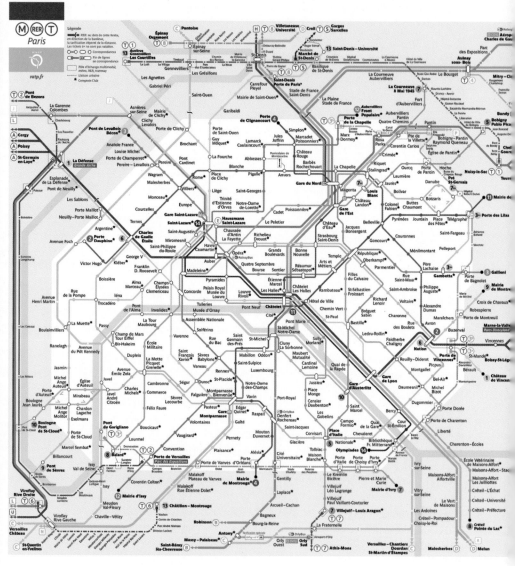

파리시내 지하철 노선도(출처 : 파리교통공단 홈페이지)

🚗 숙소에 도착

프랑스에 도착하는 순간 제일 필요한 단어는 Bonjour ^{안녕하세요} 가 아니고,
Sortie ^{출구} 이다. 공항에서 지하철에서 지하 주차장에서 꼭 필요한 단어이다.
영어를 같이 표기하지 않은 곳이 많기 때문이다. 파리 시내로 들어가는 기
차에서 바깥을 바라보며 파리의 모습을 익혔다. 기차 안은 전부 외국인으로
한국 사람이 있는지를 확인했지만 없었다.

큰 여행가방 4개를 가지고 승차한 우리 부부의 파리 첫날은 이렇게 시작되
었다. 40분 정도 지나자 북역에 도착하였다. 북역은 유로스타역 및 지하철역
이 있는 아주 큰 역으로 소매치기 때문에 소문이 좋지 않은 곳이다. 나는 서
둘러 지하철역에서 위층으로 올라갔다. 많은 사람이 나가는 곳을 따라 나갔
는데, 출구가 아니고 유로스타역이다. 역 안에 있는 가게 아주머니에게 물어
서 한 층 더 올라가니 역에서 나가는 출구가 있었다. 출구를 나와서 곧바로
2~300m 떨어진 곳에 위치한 호텔을 찾아갔다.

북역 전경

숙소를 북역 Paris-Nord, Gare du Nord 인근에 정했는데, 런던에 갈 때 유로스타 타기도 편하고, 파리 시티투어버스인 빅버스 정류장이 있기 때문이다. 그리고 스위스로 갈 때 렌트카 인수도 북역에서 하기로 예약했다. 여행 시 숙소를 어디에 정하느냐는 아주 중요한데, 여행의 동선을 생각하여 정해야 한다.

북역 바로 앞에도 큰 호텔이 많이 있는데, 가격이 비싸고, 시끄러울 것 같아 조금 더 뒤쪽으로 정했다. 나중에 보니 북역에서 숙소로 가는 길에는 까르푸의 축소 매장인 까르푸 시티 carrefour city 라는 슈퍼마켓이 있어서 생필품을 구입하기 쉬웠다.

Hôtel de l'Europe 호텔 드 류로페 은 구글지도를 통해 몇 번 본 곳으로 바로 찾을 수 있었다. 호텔 예약 시 체크인 시간이 아닌 오전 일찍 도착하므로 짐을 맡겨놓고 여행을 하겠다고 미리 메일을 보내 답신을 받아놓은 상태다. 호텔은 작고 아담했다.

카운터에서 친절하게 맞아 주었다. 스마트 폰에 받아둔 예약 내용을 보여주자 10분만 기다리라고 하였다. 지금 방 청소가 끝나가므로 체크인을 해주겠다는 것이다. 잠시 후 3층을 배정받아 짐을 엘리베이터에 실었다. 엘리베이터는 두 사람이 겨우 들어갈 만큼 작았다. 나는 여행가방을 싣고 먼저 올라가고, 아내는 뒤따라 올라왔다. 방은 작았지만 트윈 침대로 예약하였고, 화장실과 샤워실은 아주 깨끗하였다. 작은 호텔이 마음에 들었다.

창 밖으로 보이는 곳의 경치도 좋았다.

France

빅버스 타고
파리 시내 관광

10시 30분쯤 되어 호텔을 나와 북역 앞에 있는 빅버스 정류장을 찾았으나 보이지 않았다. 북역 앞에 빅버스와 경쟁 회사인 open tour가 판촉 행사를 벌이고 있었는데, 그곳 사람에게 물어보니 북역 우측 끝에 있는 NEW호텔 앞에 정류장이 있다고 하여 그곳에 갔다. 정류장에 있는 티켓발급 직원에게 티켓예약증을 보여주니, 실제 티켓으로 교환해 주었다.

빅버스 2일 자유이용 티켓을 국내에서 미리 구입했다. 빅버스는 파리 시내 주요 관광지를 경유하는 시티투어 2층 버스인데 파리에서 이틀간 이용할 버스이다. 오늘 파리의 첫 방문지는 에펠탑으로 빅버스 클래식 루트로 한 번만 갈아타면 12시에 예약해 놓은 에펠탑을 갈 수 있다. 빅버스는 두 개의 노선이 있는데 클래식 루트는 에펠탑 등 10군데 정류장이 있으며, 몽마르트 루트는 파리 시내 북쪽의 몽마르뜨 언덕을 중심으로 운행된다.

버스를 타면서 차 안에 준비되어 있는 투어 지도와 이어폰을 가지고 들어갔다. 이어폰을 꽂고 10번을 선택하니 한국어로 파리 시내 경유지의 설명이 흘러나왔다. 이어폰 꽂이 바로 위에 붙어있는 채널번호에 국기가 붙어 있어서 세계 여러 나라의 언어를 선택할 수 있는데 9번, 10번 채널은 국기 표시가 없다. 최근에 추가된 것이기 때문일 것이다.

　파리 시내 관광을 할 수 있는 open tour도 있는데 노선이 너무 많아 이틀이라는 짧은 시간 동안 파리를 구경하는데 오히려 관광지 선택에 방해가 될 것 같아서 포기하였다. 빅버스는 파리의 핵심 관광지를 다 경유하고, 한국어 설명이 나오므로 선택하는 데 고민이 필요 없었다. 탑승권도 버스를 타면서 구입해도 되지만 온라인으로 구입하면 10% 할인이 되어 1일 이용권은 30.60유로, 2일 이용권은 35.10유로로 가격 차이가 크지 않고 또 이틀간 파리 시내를 관광해야 하므로 2일 권을 구입하였다.

　오전 9시 30분부터 오후 8시 30까지 한 방향으로 운행된다. 그리고 버스 내에 비치된 할인 쿠폰북을 통해 다양한 혜택도 받을 수 있다. 파리 주요 관광명소를 한 번에 다 둘러 볼 수 있는 편하고 스마트한 투어. 프로페셔널 한국어 오디오 가이드로 파리가 쏙쏙 귀에 들어온다. 원하는 곳에서 내리고 타며 편리하게 이용할 수 있는 빅버스 Big Bus 를 선택한 것은 에펠탑, 개선문,

노트르담, 오페라 가르니에, 루브르박물관 등 파리 랜드마크를 탁 트인 2층에서 시원한 바람과 함께 볼 수 있어서, 명성만큼이나 실망하지 않은 선택이었다. 빅버스 http://www.bigbustours.com 에 대해 인터넷을 통해 검색해보니 런던, 홍콩 등 세계 20개 도시를 운행하고 있었다.

숙소 부근에 있는 몽마르트 루트의 버스를 타고 가다가, 클래식 루트로 갈아타고 12시에 약속된 에펠탑 투어를 하려고 생각했는데, 시간이 지체되어 몽마르트 노선 중도에 내려 택시를 탔다. 길거리에서 지나가는 택시를 잡는 게 아니고 택시 정류장에 줄지어있는 택시를 타야 하는데 나는 그것을 모르고 길옆에 서있는 왜 정차하고 있었는지는 모름 택시 기사에게 에펠탑에 가자고 하니, 택시 정차장에서 타야 한다고 하여 조금 걸어가서 택시 정차장에 대기 중인 택시를 탔다.

에펠탑 영어 가이드 투어 참가자 집결 시간을 20분 남겨 놓고 있는데, 에펠탑이 눈에 들어왔다. 에펠탑이 눈에 보이는데도 한참을 더 달렸다. 높은 건물이 없고 낮은 건물로 도시가 이루어져 있어서 멀리 있는 것도 가까이 있는 것같이 보였다.

BIG BUS 노선도

직장인 휴가를 이용한 서유럽 자동차 여행

에펠탑의 지하 세계로

곧 도착할 것 같은 에펠탑에 거의 12시가 되어서 도착하였다.

에펠탑은 빅버스 클래식/RED ROUTE 1번 정류장이 있는 곳이다. 2개월 전에 에펠탑 입장권을 예약하기 위해 에펠탑 홈페이지에 들어갔으나 이미 표가 매진되었다. 하지만 파리에 와서 에펠탑에 올라가지 않으면 안 될 것 같아서 인터넷으로 예매가 가능한 영어 가이드 투어를 신청하였다. 입장권은 현장에서도 구입할 수 있지만, 입장권을 사기 위해 줄 서는데 너무 많은 시간을 허비하기 때문에 가격이 비싼것임에도 불구하고 가이드 투어를 신청하였다.

미팅장소는 에펠탑 북쪽 입구 기둥에 있는 에펠의 흉상이 있는 곳이다. 에펠탑에 접근하기 위해서는 공항에서 출국할 때 검색하는 것 같이 보안 검색을 받아야 한다. 테러로 인해 모든 사람의 가방을 전부 열어서 확인하였고 군인들이 총을 들고 주위를 경계하고 있었다. 12시가 조금 지난 시간에 미팅장소에 도착하였다. 대략 18명 정도의 사람들이 모여 있었다. 동양인은 우리 부부 두 사람뿐이고 나머지는 전부 유럽 사람들이었다. 가이드는 나이가 60대 중반 정도 되어 보이는 여성이었다. 가이드의 인솔로 다시 에펠탑 밖으로 나가서 약 50m 정도 떨어진 곳의 지하 벙커로 내려갔다. 에펠탑에 지하 벙커가 있다는 것을 처음 알았다. 가이드가 경비원의 도움으로 출입문을 열쇠로 열고 들어간 것을 보면 현재 사용하는 공간이 아니다.

　지하 벙커는 아주 길게 이어져 있었고 깨끗하였다. Champs de Mars 광장 아래에 있는 벙커부터 에펠탑의 엘리베이터 운영의 비밀까지! 에펠탑에 숨겨진 이야기를 들려주었다. 그곳에는 에펠탑에서 라디오 전파가 대서양을 건너 미국으로 전파되는 사진 등 에펠탑 관련 역사적 사진이 벽에 걸려 있었다. 지하에서 다시 나와 에펠탑을 둘러쳐진 울타리로 들어갔는데, 처음 들어갈 때와 마찬가지로 검색이 이루어졌다. 에펠탑 입장할 때도 줄을 서지 않고 바로 입장, 에펠탑 기둥 바로 밑에 있는 지하로 걸어서 내려갔다. '귀스타브 에펠에 의해 1899년에 설치된 기계 유압 리프트는 1987년까지 중단 없이 작동되었고, 에펠탑 새로운 회사에 의해 자동화되었다.'는 설명이 붙어 있었다. 에펠탑의 지하는 엘리베이터가 올라가고 내려갈 때마다, 큰 쇳덩어리가 쉴 새 없이 움직였다. 이곳을 보기 전까지는 지하의 세계는 전혀 상상하지 못했다.

다시 지상으로 올라와 엘리베이터를 타고 1층으로 올라갔다. 우리나라의 1층은 프랑스에서 0층으로 표시한다. 그러므로 프랑스의 1층은 우리나라 2층에 해당된다. 보통 입장권으로 입장할 수 없는 곳으로 이동하면서 구석구석을 보았다. 에펠탑을 밑에서 바라볼 때와 탑에 올라가서 볼 때는 큰 차이가 있었다. 상당히 공간이 넓었고, 서점과 기념품가게, 식당 등이 있었다. 20여 년 전 여름휴가 때 미국 엠파이어스테이트 빌딩에 올라갔을 때도 같은 느낌이었는데, '내가 이래도 되나?'라는 생각이 들었다.

에펠 탑 La Tour Eiffel 은 1889년 프랑스 혁명 100주년 기념 박람회 계획의 일환으로 건축가이 귀스타브 에펠이 설계로 건축된 기념물이다. 에펠탑은 1층 57m , 2층 115m , 3층 전망대 276m 로 구분하고 총 길이는 324m이다. 1884년 프랑스 정부는 1889년 파리세계박람회 개최를 발표했고 박람회를 위한 건축

에펠탑 지하의 모습(에펠탑 기둥과 엘리베이터 조작 기계)

공모전을 열었다. 공모에 제출된 700개의 설계도 중 에펠의 아이디어가 당선되었다. 에펠의 설계를 검토한 한 수학교수는 에펠의 설계도대로라면 탑이 200m 높이에 이르면 붕괴할 것이라고 지적했다. 철탑의 무게를 어떻게 지지하느냐가 가장 큰 문제였다.

  에펠은 이 문제를 해결하기 위해 콘크리트에 기초한 네 개의 철각 위에 탑을 얹어놓는 구조를 생각해냈다. 동쪽과 남쪽의 철각 기초에는 길이 10m·폭 6m·두께 2m, 북쪽과 서쪽의 철각 기초에는 길이 15m·폭 6m·두께 6m의 대형 콘크리트를 기초로 삼았다. 1889년 5월 15일 세계박람회 일정에 정확하게 맞춰 에펠탑이 완성되었다. 에펠탑은 예상보다 적은 300명의 인부와 2년 6개월이라는 짧은 건설 기간을 들인 토목공학의 계가였을 뿐만 아니라 에펠에게 큰 행운을 가져다주었다.

직장인 휴가를 이용한 서유럽 자동차 여행

공사비는 당초 예상보다 2.5배 초과했지만 재정적으로 대성공이었다. 에펠은 탑이 무너질 경우 사비로 보상하겠다고 프랑스 정부에 약속한 후에야 건설에 들어갈 수 있었다. 프랑스 정부는 에펠에게 150만 프랑 전체 건축 비용의 약 20% 을 지불하는 대신 1910년까지 이 탑을 상업적으로 이용할 수 있는 권리를 부여했다. 물론 공사비는 박람회 기간 중에 회수할 수 있었고, 그 후 계약은 70년이나 연장되었다.

에펠탑은 20년 동안 한시적으로 세워질 계획이었기 때문에 1909년 해체될 예정이었다. 그런데 마침 발명된 마르코이의 무선전신을 위한 안테나로 탑을 이용할 수 있다는 아이디어가 제시되었고 에펠탑에서 팡테옹까지 무선전신을 위해 해체는 중지되었다. 이후 에펠탑을 통해 1916년 처음으로 대서양 너머로 무선통신을 내보냈고 1921년 라디오 방송이 이뤄졌다. 세2차 세계대전 후에는 16m의 텔레비전 안테나가 추가되어 탑의 높이는 324m가 되었고, 현재도 텔레비전의 송신탑으로 사용되고 있다. 에펠탑과 같은 구조물을 만

들려는 시도는 세계 여러 곳에서 있었다. 그러나 에펠탑은 파리에 있는 것이 처음이자 마지막 구조물임에 틀림없다. 세계 어느 나라가 특정 구조물을 위해 하늘 공간을 제공할 수 있겠는가? 파리 도시의 탁 트인 하늘 공간은 에펠탑을 에펠탑답도록 만들기 위해 존재한다.

| 파리 만국 박람회와 우리나라의 관계 |

1889년 파리 박람회 이후 1900년 4월 15일부터 11월 5일까지, 파리 에펠탑 옆 마르스 광장(에펠탑과 군사학교 가운데 있는 광장)에서 열린 파리 만국 박람회는 1900년 파리 올림픽 개최에 맞춰 19세기의 마지막을 장식하고, 20세기를 연다는 의미를 담고 있었다.

이 파리 만국 박람회에는 4천800만 명이 방문하였다. 1855년에도 만국 박람회를 개최한 전력이 있었는데 전쟁 후 국가의 자부심과 신념을 다시 세우고자 하는 욕구로부터 비롯되었다. 프랑스는 전 세계 각국에게 초청장을 보내 그 국가들이 이룬 것과 생활양식을 전시하도록 했다. 따라서 이 박람회는 여러 가지 체험을 종합하여 익히도록 한 것이었다. 이를 통해 외국인들에게 각 국가들 간의 유사성은 물론 그 사이의 독특한 다양성을 깨닫도록 하는 기회를 제공했다. 또 새로운 문화를 경험하고 각국이 전시해 놓은 자국의 가치들을 전반적으로 더욱 이해할 수 있도록 했다.

프랑스 잡지 '르 프티 주르날(Le Petit Journal)'에 실린 한국관(1900.12.6. 기사)

박람회에 대한 지지도 대단해서 각국에서는 즉시 자국 전시관 계획을 세우기 시작했다. 그러나 이런 열의에도 불구하고 1900년 세계 박람회는 참관한 관객 수가 예상치의 3분의 2에 불과하여 재정적으로는 큰 성공을 거두지 못했다. 세계 박람회가 예상보다 성공하지 못한 이유는 일반 대중들이 박람회에 참여할 여유가 없었기 때문이었던 것으로 추측된다.

우리나라도 1897년 대한제국 선포 이후 주변 강국에 의해 속박된 나라가 아닌 당당한 국제사회 일원으로서 프랑스 초청을 받아 1900년 만국박람회에 참가했다. 박람회장에는 조선정부가 마련한 '대한제국관'도 설치되어 조선의 존재를 서양에 알렸다. 사각형 건물에 기와를 얹은 모양의 대한제국관은 프랑스 건축가 페레가 설계하고 조선 정부가 법부고문으로 파견한 프랑스인 크리마지가 건물을 지었다. 파리 만국 박람회를 기념해 지어진 파리의 건축물은 에펠탑, 그랑 팔레(Grand Palais), 프티 발레(Petit Palais)가 있다. 별도의 개폐회식 없이 1900년 5월 14일부터 10월 28일까지 제2회 올림픽이 프랑스 파리에서 개최되었다. 그리스는 올림픽이 계속해서 자국에서 개최되기를 원했으나 국제 올림픽 위원회는 매 대회를 다른 장소에서 개최하기로 결정하였다. 파리 올림픽은 같은 해에 개최된 1900년 만국 박람회의 부속 행사로 개최된 것이다. 프랑스 임원들은 경기 일정 때문에 참가 선수들과 논쟁을 벌여야 했다. 미국 선수들 중 일부는 안식일을 지키기 위해 일요일 경기에 출전할 수 없다고 주장, 결승 경기를 하루 앞당겨 토요일에 열 것을 제의했으나 주최 측에 의해 거절당했다. 결국 멀리뛰기의 마이어 프린스타인 선수 등 몇몇 선수는 결승 경기에 불참했다. 파리 박람회는 8차례 1937년, 1931년, 1925년, 1900년, 1889년, 1878년, 1867년, 1855년에 열렸다.

🚗 사이요궁(Palais de Chaillot)

에펠탑에서 바라본 사이요궁

　사이요궁은 19세기 초 스페인 트로카데로 전쟁에서 승리한 것을 기념하여 지은 건물을 1937년 파리박람회에 맞춰 가운데 부분을 없애고 두 개의 건물로 나누었는데 그게 바로 해양 박물관과 인류 박물관이다.

　에펠탑에서 바라본 사이요궁은 너무나 아름다웠다. 에펠탑에서 파리 시내와 멀리 몽마르트 언덕의 사크레쾨르 성당도 보인다. 에펠탑 1층은 난간이 두 개층으로 분리되어 있었다. 에페탑앞에 있는 다리를 건너면 바로 사이요궁이다. 사이요궁 뒤편에 빅 버스 클래식 루트 10번 정류장이 있다. 다리를 건너기 전에 화단에서 점심으로 빵과 우유를 마시고 약 5분 정도 걸어가서 사이요궁 건물이 둘로 나뉘는 곳 앞에 있는 건물 위에서 다른 사람들과 마찬가지로 사진을 찍었다. 이곳이 에펠탑 사진이 제일 잘 나오는 포토존이라

사이요궁에서 본 에펠탑

고 한다. 그때 갑자기 엄청난 양의 비가 쏟아지기 시작했고 사이요궁 건물에 붙어서 있었으나 비를 피할 수 없어 할 수 없이 에펠탑 앞에 있는 빅버스 정류장으로 뛰었다.

갑자기 비가 내리자 우산을 가지고 팔러 다니는 사람도 보였다. 옷이 비에 거의 다 젖은 상태로 우산이 더 필요하지 않아 사지 않고 에펠탑 앞에 있는 빅버스에 올랐다. 갑자기 비가 쏟아지자 비를 피해 빅버스로 관광하던 사람들로 꽉 차 있었다. 다행히 버스에 비옷이 비치되어 있었다. 이것으로 미루어 보면, 파리는 갑자기 큰 비가 자주 내리는 것 같았다.

차를 타고나니 갑자기 비가 그쳤다. 파리에서 이틀 동안 비가 내렸다 그쳤다를 반복했다.

🚗 마르스 광장

빅버스 클래식/RED ROUTE 2번 정류장이 있는 마르스 광장!

마르스 광장 프랑스어: Champ de Mars 은 에펠탑의 북서쪽, 에콜 밀리테르 École Militaire 의 남동쪽에 있는데 1㎞ 정도 뻗어있다. '마르스 광장'이라는 이름이 붙은 이유는 이곳이 군사 훈련 장소로 사용되었기 때문이다. 마르스 광장 끝에 보이는 학교가 군사학교 육군사관학교 인데 나폴레옹도 이 학교 출신이다. 1750년 루이 15세가 가난한 귀족 자녀들을 장교로 양성하기 위해 왕립군사학교로 건설되어 1760년에 정식으로 개교하였다.

프랑스 혁명 중인 1790년 7월 14일에 마르스 광장에서는 축제가 열렸다. 바스티유 감옥 습격 사건이 발생한 지 2년째인 1791년 7월 17일에는 이곳에서, 국왕인 루이 16세를 몰아내자며 군중들이 한목소리로 외쳤다. 이 폭동을 진압하기 위해 당시 시장이었던 장 실뱅 바이이는 군중들에게 발포하여 50여 명의 사상자가 발생하였으며, 1900년, 1937년 만국 박람회를 이곳에서 개최하였다. 사관학교 뒤로 보이는 큰 건물은 몽빠르나스 타워로 높이 210m, 59층으로 파리에서 가장 높은 건물인데 1969년 건축을 시작하여 1973년 완공되었으며, 이 건물에 기업체 사무실이 입주해 있는데 건물에 숫자 4로 보이는 큼직한 형상은 2024년 파리 하계올림픽의 24를 에펠탑 모양으로 형상화한 것이다.

에펠탑에서 바라본 마르스 광장

🚗 로댕 미술관(Musée Rodin)

　군사학교를 지나가면 우측으로 로댕 미술관이 보인다. 오귀스트 로댕의 작품과 로댕이 수집한 미술품을 중심으로 소장하고 있다. 박물관 건물은 1908년부터 사망할 때까지 10년 동안 로댕이 사용하고 살았던 비론 저택 Hotel Biron 이다. 1911년 프랑스 정부가 비론 저택을 매입하였고, 로댕이 자신의 작품과 소장품을 국가에 기증하면서 박물관으로 남겨달라고 제안했다. 로댕 사후 1919년에 개관하였고, 2005년에 수리되었다.

🚗 나폴레옹 1세의 무덤

　빅버스가 진행하는 좌측으로 보이는 앵발리드 성당에는 나폴레옹 1세의 관이 안치되어 있다.

　나폴레옹은 1815년 워털루 전쟁에서 패하고 세인트헬레나섬에 유배되어 1821 사망하였고, 사망한 지 19년이 지나서야 영국의 동의를 얻어 이곳에 안치되었다. 내 사전에 불가능은 없다고 한 나폴레옹의 삶을 통해 인생무상을 느낀다.

|워털루 전쟁|

　나폴레옹 1세(1769.8.15.~1821.5.5.)는 프랑스령의 외딴 섬 코르시카 출신으로 가난과 설움 속에서 군사학교를 졸업하고 1804년 30대 초반에 프랑스 황제로 등극해 유럽의 절반을 제패한 인물로, 그가 이끈 프랑스군이 1812년 러시아 원정에 실패하자 여러 민족으로부터 위협을 받았다.

　1814년에는 프로이센, 오스트리아, 영국으로 구성된 연합군에게 나폴레옹은 황제에서 쫓겨나 1014.5.4. 지중해의 엘비 섬으로 유배되었다. 그리고 루이 16세(1754~1793)의 동생인 루이 18세(1755~1824)가 황제로 즉위하여 왕정이 복고되었다.

하지만 프랑스 시민들은 무능한 루이 18세에 실망하였고 나폴레옹을 다시 옹립하자는 움직임이 있었다. 1815년 2월 나폴레옹은 엘바 섬을 탈출하여 칸느(Cannes)에 상륙하였고 충직한 부하 1,000여 명과 함께 파리로 북상하였다. 루이 18세는 이를 대수롭지 않게 여겨 관군을 보내 진압하게 하였다. 하지만 관군은 오히려 나폴레옹에 합세하였다.

루이 18세의 왕정은 영국으로 도망가고 나폴레옹은 공화주의자와 농민들의 지지를 받으며 20여 일 만에 파리에 입성해 다시 권력을 장악했다.

튈르리에 입궁한 나폴레옹은 유럽 각국에 친서를 보내 화해를 요청하였지만, 나폴레옹에 대한 공포에 사로잡힌 유럽의 나라들은 모두 거절하고 나폴레옹을 타도하기로 협약을 맺고 동맹국의 병사들이 파리를 공격하였다.

나폴레옹은 초전에 이들을 각개격파하면 정치적 이해가 다르기 때문에 동맹국들의 관계가 와해될 것으로 판단했다.

1815년 6월, 나폴레옹은 12만 5,000명의 프랑스군을 이끌고 웰링턴이 지휘하는 약 9만 5,000명의 영국군과 블뤼허가 지휘하는 약 12만의 프로이센군을 격파하기로 결심했다. 벨기에 남동쪽 워털루(Waterloo) 남방 교외에서 전투가 벌어졌는데 이 전투가 워털루 전투이다. 6월 16일 리니에서 프로이센군을 격파해 퇴각시키고, 6월 18일 워털루에서 영국군에 대한 총공격을 개시하여 승리한 프랑스군에게 퇴각하던 블뤼허의 프로이센군 6만 명이 숨어 있다가 공격하는 프랑스군을 기습 공격하여 프랑스군이 대패하였다. 이 전투에서 패배한 나폴레옹은 6월 22일 영국군함 벨레로폰(Bellerophon)호에 실려 대서양의 외딴 섬인 세인트헬레나(Saint Helena Island)로 유배되어 나폴레옹의 재집권은 백일천하로 끝났다. 나폴레옹은 그곳에서 영국군의 감시를 받으며 울분의 나날을 보내다 1821. 5. 5 세상을 떠났다.

🚗 콩코르드 광장(Place de la Concorde)

빅버스를 타고 알렉상드르 3세 다리 Pont Alexandre III 를 건너가면 콩코르드 광장 Place de la Concorde 이 보이는데, 면적은 86,400㎡로 파리에서는 가장 큰 광장이다. 1755년, 앙제 자끄 가브리엘에 의해 설계된 이 광장에는 원래 루이 15세의 기마상이 설치되어 있었기 때문에 '루이 15세 광장'으로 불리었다. 이후 프랑스 혁명의 발발로 기마상은 철거되고, 이름도 '혁명 광장'으로 고쳐졌다.

1770년 왕세자 루이 16세와 오스트리아 공주 마리 앙투아네트의 결혼식이 이곳에서 거행되기도 했다. 하지만 프랑스 혁명 때 파괴된 기마상 자리에 단두대가 놓여서 1793년 1월 21일 프랑스 혁명 중에는 루이 16세가 이곳에서 처형되있고, 10월 16일 왕비인 마리 앙투아네트가 참수된 형상이기노 하다. 총 1,300여 명의 목숨이 이곳에서 사라졌으며 단두대가 세워졌던 곳에 분수대가 세워졌다. 1795년 현재의 '콩코르드 광장'이라는 이름으로 불리고 시작했고, 공식 이름이 된 것은 1830년이다. 콩코르드 Concorde 는 화합, 일치라는 뜻으로, 이 광장의 이름은 이러한 어두운 역사를 넘어 평화와 화합으로 나가자는 프랑스의 염원이 담겨 있는 것이라고 한다.

광장의 중심에는 이집트 룩소르 신전에서 가져온 23m의 룩소르 Luxor 오벨리스크가 놓여 있다. 기원전 1260년경에 제작된 것으로 추정되며, 원래 이집트 테베 Thebes, 현재의 룩소르 의 람세스 신전에 있던 것으로 1829년 이집트의 총독이자 군사령관이던 알바니아 출신의 무함마드 알리가 프랑스에 선물하였다. 오벨리스크에는 프랑스로의 운송 과정이 묘사되어 있으며, 4년의 운송 기간이 걸렸다. 최상단 부분에 소형 피라미드 모습의 금박이 있었으나 아시리아인의 침입과 페르시아인의 점령 과정에서 분실되었는데, 프랑스 정부에서 복원 작업을 벌여 1998년 5월 14일 복원이 완료되었다. 복원 비용은 약 150만 프랑이 소요되었고 복원으로 인해 오벨리스크의 높이는 이전보다 2m 가량 높아졌다.

| 오벨리스크(Obelisk) |

높고 좁으며 4개의 면을 지닌, 점점 가늘어지는 피라미드 모양의 꼭대기를 지닌 기념 건조물이다. 오벨리스크는 한 덩어리의 암석으로 만들어졌다.

오벨리스크는 전승을 기념하거나 왕의 위업을 과시하는 문장이나 모양을 새겼는데, 현존하는 최대의 것은, 이집트 제18왕조 하트셉수트 파라오의 카르나크 신전에 세운 것으로 높이 30m이다. 현재 전 세계에 이집트산 오벨리스크의 숫자는 총 27개(이집트 아스완에 있는 미완성 1개 불포함)이며, 이집트 8개, 이탈리아 11개, 영국 4개, 프랑스 1개, 폴란드 1개, 미국 1개, 터키 1개이다. 이집트의 오벨리스크가 세계에 퍼져 있는 것은 영국, 프랑스, 미국 등에 선물로 주었기 때문이다.

🚗 그랑 팔레(Grand Palais)

빅버스를 타고 그랑 팔레를 지나간다. 유명한 관광지가 아니라 내리지 않았지만, 이 건물은 1900년 파리 만국 박람회를 기념해 프티 팔레와 알렉상드르 3세 다리와 같은 시기에 지은 웅장한 건물로, 각종 이벤트와 패션쇼가 열린다.

이 건물의 외관은 초기 보자르 건축의 전형적인 예로, 메인 지붕은 철과 유리로 덮여 있다. 1993년에 중앙의 유리 지붕의 일부가 폭락한 후 12년간 폐쇄되어 대규모 수리 작업을 실시하여 2005년 9월에 다시 개관되었다. 건물에는 그랑 팔레 국립 갤러리와 과학기술 박물관이 있다.

파리의 모든 박물관이 그렇지만 둥근 기둥이 건물을 둘러싸고 있는 건물들은 한 나라의 왕궁이라고 해도 손색이 없을 정도로 크고 웅장하고 정교하여 보는 사람을 압도한다. 건물 안으로 들어가지 않아도 건물 자체를 보는 것만으로도 아름다움을 느낄 수 있다.

파리에서 이틀간 시간이 주어졌기 때문에 외관만 보는 것으로 만족한다. 1900년 파리 만국 박람회는 많은 건축물을 건립하고 파리를 재정비하여 도시의 기능을 재정립하는 계기로 삼은 프랑스인의 지혜를 볼 수 있었다. 그 뒤로도 몇 차례의 박람회를 더 개최하여 그들의 문화를 세계에 마음껏 뽐내는 기회를 가졌다.

🚗 마들렌 사원(L'église de la Madeleine)

빅버스가 콩코르드 광장을 북쪽으로 지나면 좌측으로 마들렌 사원이 보이는데, 마들렌 사원은 카톨릭 성녀 마리아 막달레나를 봉헌한 카톨릭 성당이다. 1764년 루이 15세 때 공사를 시작했으나 프랑스 혁명으로 중단되었다가 1806년 나폴레옹 1세 때 프랑스군대의 업적을 기리기 위해 다시 건축을 시작하여 완성을 보지 못하고, 루이 필립 때인 1842년 완공되었다. 그리스의 파르테논 신전을 모방하여 건축하였는데 길이 180m, 높이 19.5m, 52개의 코린트식 원기둥이 지붕을 떠받치고 있다. 정면 기둥 위의 조각은 '최후의 심판'을 조각해 놓았고 성당 문의 청동 부조는 성경에 나오는 십계명을 묘사하고 있다. 그러고 보니 학교 다닐 때 교과서에서 본 그리스의 파르테논 신전과 정말 닮았다.

🚗 오페라 가르니에(Palais Garnier)

마들렌 사원을 지나 북동 방향으로 올라가면 빅버스 3번 정류장이 있는 곳인 오페라 가르니에가 나온다. 1858년 나폴레옹 3세 [1808~1873년] 가 오스만 남작을 시장에 임명하여 그를 통해 파리 근대화의 일환으로 건축하였다. 171명의 응모자 중 건축가 피에르 가르니에가 뽑히고 건축이 시작되어 1875년 완공하였으나 나폴레옹 3세는 건물 완공 몇 년 전에 사망하였다.

1875년 국립음악 아카데미 오페라 극장으로 지정되어 운영되다가 1978년 파리 오페라 극장으로 명칭이 변경되었다. 2차 대전 때 독일이 점령하였을 때에도 오페라 공연은 계속되었으며 이 극장의 개장이 파리의 오페라를 대중화시키는 계기가 되었다. 지금도 2,000석 규모의 좌석이 꽉 찬다고 한다.

빅버스의 이어폰으로 경쾌한 음악과 함께 계속 설명이 이어지고 있다. 공연장 천장에 6톤 규모의 샹들리에가 중앙 천장에 매달려 있는데, 1896년 무게를 감당하지 못하고 공연 중 관람석으로 떨어져서 한 사람이 숨지는 사고가 발생하였다 이 사고를 계기로 건물 지하에 있는 지하수 저수조를 상상려에 가미하여 〈오페라의 유령〉이라는 소설이 만들어지고 뮤지컬, 영화 등 여러 장르로 발전하였다.

🚗 루브르피라미드 – BBIS

　빅버스 클래식 루트/RED 4번 정류장이 있는 곳이며, 빅버스 안내 센터가 있는 곳이다. 이곳은 몽마르트 루트 RED 로 갈아탈 수 있는 유일한 곳으로, 이곳에 내려서 몽마르트 루트의 빅버스로 갈아탔다. 버스는 나폴레옹 1세가 아우스터리츠 전투에서 노획한 대포를 녹여 자신의 동상을 세운 방돔 광장 Colonne Vendôme 을 가로질러, 빅버스를 갈아타기 직전에 지나왔던 오페라 가르니에를 지나 북쪽으로 올라갔다. 그리고 파리에서 제일 큰 규모의 백화점인 갤러리 라파예트를 지났는데 이 백화점 옥상은 많은 사람들이 휴식하는 장소로 알려져 있어 꼭 가려고 했는데 일정으로 인해 그냥 지나쳤다.

🚗 방돔 광장(Colonne Vendôme)

　버스에 연결된 이어폰에서 계속해서 방돔 광장에 대한 설명이 나오고 있었다. 방돔 광장은 당시 이곳에 살고 있던 방돔 영주의 이름에서 유래하였으며, 남북 213m, 동서 124m 크기의 팔각형이다. 1702년 루이 14세의 명으로 건축가 쥘 아르두앙 망사르의 설계로 만들어졌는데 원래 처음에는 가운데 루이 14세의 동상이 세워져 있었으나, 혁명 때 파괴되었다. 현재 중앙에는 나폴레옹이 오스텔리츠 Austerlitz 전투의 승리를 기념하여 로마의 트라야누스 기념탑을 본떠서 세운 44m 높이의 기념탑이 있다. 방돔 기둥은 전투에서 획득한 133개의 대포를 포함하여 유럽 연합군에서 빼앗은 대포를 녹여 만들어졌으며, 기둥에는 나선형으로 무늬가 있는데 조각가 베르제레 Bergeret 가 전투 장면을 새겨 놓은 것이다. 맨 꼭대기의 동상은 정권의 변동에 따라 주인이 바뀌었는데, 나폴레옹의 동상이 세워졌다가 앙리 4세의 동상으로, 다시 나폴레옹의 동상이 세워졌다. 광장 주변에는 음악가 쇼팽이 생을 마감했던 리츠 파리 호텔 Hotel Ritz Paris 을 비롯하여 고급 호텔들과 유명한 명품 가게, 보석상들이 있다.

🚗 물랭루주(Moulin Rouge)

빅버스 몽마르트 루트의 첫 번째 정류장인 물랭루주를 조금 지나서 내렸다. 물랭 루주는 1889년 파리 세계박람회가 열릴 때 '빨간 풍차'라는 뜻의 댄스홀을 열었으며, 글자 그대로 건물은 빨간색의 풍차로 꾸몄다.

빅버스에서 흘러나오는 설명은 '좀 지저분한 곳'이라는 재미있는 말로 소개하고 있었는데, 이곳을 방문하기를 원할 경우, 빅버스 기사에게 알려주면, 할인티켓을 주겠다고 하여 웃음이 나왔다. 1915년 화재로 인해 전소되어, 1921년 재개관하였다.

🚗 몽마르트 언덕

스마트 폰으로 구글 지도를 통해 몽마르트 언덕을 찾아 걸어갔다. 몽마르트 언덕 바로 앞에 빅버스 정류장이 있지만 거리가 얼마 되지 않아 시내 구경을 할 겸 한 정거장 미리 내린 것이다. 구글 지도는 잘 작동하여 10분쯤 지나서 정확하게 안내해 주었다. 입구에 많은 사람들로 인해 사진 찍기가 힘들었다.

언덕으로 올라가는 계단 왼편 나무로 인해 잘 보이지 않음 으로 돌아가면 언덕 정상으로 오르는 트램이 있다. RER 열차 표를 가진 사람은 무료로 올라갈 수 있다고 하여 드골 공항에서 숙소인 북역으로 타고 간 표를 넣어도 트램 입구가 열리지 않아 매표소에 문의한바, 1회용 티켓으로 사용할 수 없다고 하였다. 내일 베르사유 궁전에 갈 표는 있지만 내일 하루 사용권이므로 오늘 사용할 수 없었다.

파리에서 에펠탑 다음으로 높은 곳에 위치한 아름다운 사크레쾨르 성당은 1914년에 생 드니 Saint Denis 성인이 273년 순교한 자리에 건축되었다. 성당 탑의 높이가 83m에 이르며 이 탑 안에는 프랑스에서 가장 큰 종이 있다. 안시 Annecy 에서 1895년 주조해 기증한 종의 무게는 18,835t으로, 직경이 3m나 된다.

유럽을 여행하면서 로마 카톨릭 성당과 개신교 교회당을 많이 보았다. 대부분 성당과 교회당은 높은 종탑과 시계탑을 가지고 있으며, 시간을 정확히 알려준다.

몽마르트 언덕을 대충 보고 나서 구글 지도로 확인해 보니 몽마르트 언덕에서 숙소까지는 1.3㎞, 걸어서 20분 정도 걸리는 것으로 나타났다. 먼 길이 아니므로 파리 시내를 걸어가면서 구경하는 것도 좋았다.

직장인 휴가를 이용한 서유럽 자동차 여행

저녁의 시원한 바람을 맞으면서 예술의 도시 파리를 걸어가는 것은 우리 부부가 삶의 여유를 누리는 시간이다. 파리 시내를 걸으면서 이방인처럼 보이지 않으려고 최대한 자연스럽게 걸어갔지만, 허리에 찬 백은 영락없는 관광객일 뿐이었다. 얼마 걷지 않아 웅장한 북역이 나타났다. 역을 정면에서 볼 때와 달리 역의 뒤를 돌아 나올 때 본 북역의 모습은 조금 정돈되지 않은 또 다른 얼굴을 하고 있었다.

숙소에 들어가기 전에 프랑스의 대표적 마트인 까르푸 carrefour 에 갔다. 많은 사람들이 퇴근하면서 이곳에 들렀다. 이곳은 생필품과 식료품 등이 주류를 이루고 있었다. 우리나라의 마트를 축소시켜 놓은 것 같이 다양한 물건들이 가게를 가득 채우고 있었다.

가게에서 계산할 때 우리나라는 신용카드를 카드 조회기에 넣기만 하면 계산이 되는데, 프랑스 등 유럽에서는 신용카드를 단말기에 넣고, 비밀번호를 입력하도록 되어 있었다. 또 하나 다른 점은 우리나라는 서명을 하는데, 여기서는 서명을 하지 않았다. 7시가 되어도 날이 훤하다. 귀국해서 확인해 보니 6월에 해가 지는 시간은 오후 10시경 가까이 되고, 12월은 오후 5시경 해가 진다고 한다. 그러므로 겨울은 여름보다 낮이 최고 2배 정도 짧다는 것이다. 해 뜨는 시간은 12월은 오전 8시 30분, 6월은 오후 6시경이다. 스위스도 프랑스와 비슷한 것 같았다. 서유럽 여행 시 여행을 하는 시기에 따라 관광할 수 있는 시간은 배 정도 차이가 난다.

🚗 숙소로 돌아오다

저녁 7시쯤 되어 숙소로 돌아왔는데 리셉션에서 반갑게 맞아 주었다. 항상 미소 띤 얼굴로 편안하게 맞이해 주는 것에 호텔에 들어가는 것이 내 집에 들어가는 것처럼 포근함이 느껴졌다.

프랑스의 전기는 우리와 같이 220볼트로 같으며 콘센트도 구멍이 두 개인 것은 우리와 똑같지만, 콘센트 두 개의 구멍 위 가운데에 쇠 막대가 튀어나와 우리나라에서 사용하는 둥근 모양의 플러그는 콘센트에 들어가지 않는데, 플러그에 쇠 막대가 들어갈 수 있는 구멍이 나 있는 것이나 플러그가 작아서 콘센트의 쇠막대가 닿지 않는 것이면 된다. 그래서 노트북 플러그는 그대로 사용이 되었고 다른 기기는 국내에서 미리 준비한 유럽형 콘센트를 사용하였다. 저녁은 집에서 가져온 전기밥솥으로 밥을 해서 먹었다. 큰 쟁반과 칼은 호텔에서 빌렸다. 잠자기 전에 휴대폰, 와이파이 도시락을 충전시키고, 휴대폰 알람을 맞춘 후 잠들었다.

■■

France

파리에서 둘째 날

2017.6.3 파리에서의 이틀째 날이 시작되
었다. 8시에 일어나 호텔 식당으로 내려
갔다. 빵과 주스가 아침식사였다. 나
는 빵을 좋아하므로 괜찮았고, 아내
도 만족했다. 작은 호텔에 맞게 식당
이 작았지만 아주 깨끗하고, 수수한
것이 마음에 들었다. 식사 후 호텔을
나와서 북역 앞에 있는 빅버스를 타러 갔
는데 많은 사람들이 나와 있었다.

호텔의 식당

몽마르트 루트 Montmartre-Blue 가 30분 간격으로 배차되고, 1시간 10분이 소
요된다. 북역에서 첫차는 09:30, 마지막 차는 19:05이다. 어제는 파리에 도착
하자마자 에펠탑과 몽마르트를 중심으로 관광하였고, 오늘은 베르사유 궁
전을 중심으로 관광하기로 하고 숙소를 나섰다.

🚗 동역을 지나면서

북역 지하철역 계단

  북역에서 차를 타고 조금 지나자 동역 Gare de Paris-Est 이 나타났다. 동역은 북역에서 한 블록 건너로 가까이 있지만, 북역 앞에서 동역 앞까지 는 거의 1km 떨어져 있고 교통량이 많아 5분 정도 걸린다. 동역의 시계가 9시 50분을 가리키고 있었다. 북역은 건물이 도로에 인접해 있는데 동역은 앞마당도 있어서 우리나라 역사와 비슷하게 느껴졌다.

  동역은 파리의 7개 대형 철도역 중 하나로 프랑스국철이 운영하고 있다. 프랑스-독일 국경인 알자스-로렌 지역과 독일에서 들어온 여행객들을 맞이하는 기차역으로 1849년에 개업한 160년이 넘는 역사를 자랑한다.

(왼쪽) 동역 전경 / (오른쪽) 운행 중인 빅버스

　과거부터 프랑스 동부와 독일 서부로 이어주는 열차의 종착역으로 중요도가 엄청 컸다. 또한, 오리엔트 특급 노선 중 파리-부쿠레슈티/이스탄불행 노선의 종착역이기도 했다. 19세기 중반 회사 이름을 동철도 회사로 바꾼 뒤 파리-뮐루즈와 파리 근교 뱅센을 연결해 주는 뱅센선 전용으로 1859년에 파리 바스티유역을 개업했지만, 보불전쟁에서 프랑스가 패전하여 알자스-로렌 일부가 독일로 넘어가는 바람에 파리 바스티유역의 노선들이 모두 파리 동역으로 이관되게 된다. 이후 동역은 도시 간 열차 및 국제선 열차 중심으로, 바스티유역은 파리 동부 교외 열차 중심으로 정리되면서 현재에 이르고 있다.

🚗 세인트 마틴 문(Porte Saint-Martin)

　동역에서 1.5㎞ 지나가면 사거리에 석회암과 대리석으로 지은 18m 높이의 심하게 부식된 기념비가 나타난다. 내가 파리를 구경하면서 개선문 같은 아치 모양의 건축물을 3가지 보았는데 하나는 그 유명한 에투알 개선문 Arc de Triomphe 이고 또 하나는 이곳 세인트 마틴문과 여기에서 조금 떨어진 곳에 우 뚝 서있는 깔끔한 모양의 생 드니 문인데, 세인트 마틴 문은 라인강과 프랑슈콩테 Franche-Comte 에서 승리한 루이 14세의 명령으로 건축가 피에르 빌레 pierre bullet 에 의해 설계되어 1674년에 건축된 17세기 파리의 상징적인 건축물 중의 하나다.

🚗 생 드니 문(Porte saint-Denis)

생 드니 문은 세인트 마틴 문에서 생 드니 거리 방향으로 250m를 가면 있다. 이 문도 루이 14세가 전쟁의 승리를 기념하는 아치 길을 건설하도록 명령하고 건축가 프랑수아 블롱델 Francois blondel 과 조각가 미셸 앙귀에 Michel Anguier 가 1672년에 건축하였다. 생 드니 문은 로마에 있는 티투스의 개선문 Titus Arch 에서 영감을 얻은 것으로 높이 24.65m, 넓이 25m, 깊이 5m이고 아치 자체의 가운데 높이가 15.35m이다. 오벨리스크 2개의 받침대에 각각 작은 보행자 통로가 있었지만, 지금은 폐쇄되었다. 문의 맨 윗부분에 '위대한 루이 대왕에게'라는 금박을 입힌 청동비문이 있다.

파리는 이런 작은 구조물조차 잘 관리하고 있어서 파리시 자체가 거대한 박물관이라는 말이 실감난다.

🚗 그레뱅 박물관(Musee Grevin)

  BLUE 루트의 5개의 정류장 중 마지막 정류장에 내렸다. 오늘 베르사유궁전을 가기 위해 BLUE 루트와 교차하는 RED 루트 4번 정류장에 내린다는 것이 착오로 한 정거장 먼저 내렸는데 이곳이 그레뱅 박물관이다.

  토요일로 오전 8시 30분쯤 되었는데 많은 사람이 줄지어 들어가는 것을 보았다. 남녀노소 상관없이 들어갔다. 그레뱅 박물관은 유명인사들을 한자리에서 만날 수 있는 밀랍인형 박물관이다. 세계 3대 밀랍인형박물관으로 역사적인 인물과 스타 등을 밀랍인형으로 만들어 전시해 놓았다. 파리를 방문한 유명 연예인, 파리 시내 모습 등을 전시해 파리의 역사를 이해하는 데 도움을 주고 있다. 밀랍 인형을 만드는 모양을 전시한 전시실도 있어서, 제작 과정을 쉽게 이해할 수 있다.

다시 빅버스를 타고 어제 지나갔던 오페라 가르니에를 지나서 Big Bus Info Centre에 내렸다. 이곳은 RED루트와 BLUE 루트가 만나는 정류장이다. 이곳에서 빅버스 RED루트 를 타고 루브르박물관 건물 중앙을 가로질러 빅버스 5번 정류장인 루브르박물관 옆에 내렸다.

박물관은 센강과 도로 하나를 사이에 두고 있는데 센강으로 내려가니 사람들이 산책도 하고 조깅도 하고 있었다. 바닥은 벽돌로 깔려 있었고, 사람을 가득 태운 유람선도 지나가는 평화로운 풍경이 펼쳐졌다. 센강과 도시가 하나로 잘 조화된 모습이었다.

세계의 대부분의 큰 도시는 모두 강을 끼고 발달하였는데 이곳도 예외가 아니다. 남들이 다 가본 서울 청계천에도 가보지 못한 우리 부부는 센강의 아름다움을 서로 나누었다. 지나가는 사람들과 유람선을 구경하고 예술의 다리 Pont des arts 로 올라가는 계단을 통해서 강에서 올라왔다.

🚗 소매치기 사건

그때 몇 명의 중·고등학생 정도 나이의 여자아이 7~8명이 우러러 몰려와서 나에게 뭐라고 하면서 한 여자가 서류철을 내 가슴 앞으로 들이밀었다. 순간 아차 싶어 내가 앞으로 메고 있던 허리에 있는 복대 가방을 왼손으로 꽉 잡았다. 그때 그 여자의 손도 같이 잡혔다.

나는 그 여자의 손을 뿌리치면서 그녀를 노려보고 뭐하는 짓이냐고 말하면서 쏘아보았다. 물론 한국어로, 그러자 그 여자아이와 무리는 두 손을 저으면서 그런 것 아니라고 하면서 도망을 갔다. 한국어로 말했지만 단호한 표정과 음성 톤은 그들을 물리치기에 충분했다.

추측하건대 이들은 어떤 사회적 이슈에 대해 설문조사나 서명을 받는 것같이 서류를 여행객의 가슴 가까이 갖다 대고 상대방의 시선을 서류에 집중시켜서 가방에 손을 넣어도 볼 수 없도록 하는 것 같았다. 또 여러 명이 한꺼번에 말하면서 여행객의 정신이 산만해진 사이 가방을 뒤져서 훔쳐가는 수법이다.

그리고 그들은 가방의 지퍼가 열려 있는 사람을 노리는 것 같다. 내 복대가방이 그때 열려 있었기 때문이다. 여권과 현금, 휴대폰, 지갑 신용카드 등 중요한 것이 모두 다 들어 있었는데 큰일 날 뻔하였다. 계속 사진을 찍고 가방에 넣고 빼고를 반복하다가 지퍼를 잠그지 않았던 것이다. 책에서만 보던 소매치기 현장을 직접 경험하게 되리라고는 생각도 못 했다. 여행 중 꼭 명심해야 하는 말.

첫째도 소매치기 조심! 둘째도 소매치기 조심! 셋째도 소매치기 조심!

🚗 예술의 다리(Pont des Arts)

예술의 다리 퐁 데 자르 에서 사진만 찍고 다리를 건너지는 않았다. 오늘 주요 방문지는 베르사유 궁전이기 때문에 빨리 서둘러야 한다. 프랑스에 있는 기간이 5일이지만, 실제 파리를 관광할 수 있는 날은 2일밖에 안 된다. 5일 중 하루는 런던에 갔다 와야 하고, 나머지 하루는 프랑스 콜마르에, 마지막 하루는 귀국하는 날 스위스에서 프랑스로 넘어와 공항으로 가는 시간이 소요되기 때문이다. 이러한 이유로 여행을 계획할 때 눈으로만 볼 곳과 직접 건물에 들어가서 봐야 할 곳을 정해 놓았다. 루브르 박물관은 제대로 보려면 며칠이 걸리고, 베르사유 궁전도 족히 하루는 걸린다. 그래서 파리의 핵심 관광은 첫날은 에펠탑, 둘째 날은 베르사유 궁전으로 정했다.

반드시 가봐야 할 곳은 입장권도 한 달 전에 미리 예매하였다. 예술의 다리는 루브르박물관 옆 센강의 다리로 다리 끝에 둥근 지붕의 건물이 프랑스 학사원 Institut de France 이다.

 예술의 다리는 1801년부터 1804년에 나폴레옹의 명으로 건설된 파리의 다리 중 최초의 철골 구조의 보행자 전용 다리였다. 하지만 1976년 다리가 폭격과 선박 충돌로 부실해진 것으로 밝혀져, 1977년 폐쇄되었으며 1979년 선박 충돌로 60m 정도가 붕괴되었다. 그래서 1982년부터 1984년 사이에 재건되었고 현재 이 다리는 높이 11m, 길이 155m이다.

 프랑스 학사원은 프랑스 국립 학술 단체로 7세기 절대왕정하에서 아카데미 프랑세즈 등의 단체 왕립 아카데미 가 설립되었으나, 프랑스 혁명 후 1793년 일단 폐지되었다가 1795년 10월 25일 프랑스 학사원으로 창설되어 현재는 아카데미 프랑세즈, 프랑스 과학 아카데미, 프랑스 미술 아카데미, 프랑스 윤리·정치학 아카데미로 구성되어있다. 센강의 37개 다리 중 유일한 보행자 전용다리이다. 사랑을 약속하는 증표의 자물쇠가 붙어 있는데 그 수가 수십만 개라는 말도 있다. 우리나라에도 다리에 자물쇠를 새워두고 변함없는 사랑을 약속하는 곳도 많이 있는데 퐁 데 자르를 모방한 것이 아닌지….

루브르 박물관

루브르 박물관은 강변도로에 있기 때문에 예술의 다리에서 조금 걸어가자 입구가 나왔다. 박물관은 생각보다 아주 크고 둔탁하게 생긴 건물이었다. 루브르박물관은 소장품의 수와 질적인 면에서 바티칸박물관, 대영박물관과 함께 손꼽히는 세계 3대 박물관 중 하나인 국립박물관이다.

루브르 박물관은 바이킹으로부터 파리를 지키기 위한 요새로 만들어졌는데 여러 왕을 거치면서 궁전으로 사용해 오다가 루이 14세가 베르사유로 궁전을 옮기자 방치되어 오던 중 나폴레옹 1세가 미술관으로 사용하기 시작하여 나폴레옹 3세가 1852년에 북쪽 건물을 완성하면서 현재의 모습을 갖추게 되었다.

1981년 미테랑 대통령이 그랑루브르 Grand Louvre 계획으로 방문객들의 접근과 편의에 더욱 이바지하기 위해 대대적인 개축작업을 개시했다. 이로써 강당, 관광버스 주차장, 식당, 사무실, 상점, 전람실, 창고, 주차장 등을 수용한 거대한 지하단지가 나폴레옹궁과 카루젤궁의 중앙 정원 밑으로 조성되었다. 현재 루브르 박물관의 225개 전시실에는 그리스, 이집트, 유럽의 유물, 왕실 보물, 조각, 회화 등 40만 점의 예술품이 전시되어 있고, 세계문화유산으로 지정되어있다. 박물관은 루브르궁 내에 위치해 있는데 박물관에 전시된 40만 점을 작품당 30초만 감상한다고 하여도 몇 달은 걸릴 것이다.

🚗 유리 피라미드

유리 피라미드는 1989년 프랑스 혁명 200주년을 기념하는 행사로써 공모하여 만들어진 것으로 박물관 앞에 중국계 미국인 건축가 I.M. 페이 Ieoh Ming Pei 의 설계로 다이아몬드형 603개와 삼각형 70개로 만들어졌다. 박물관 앞의 피라미드 조형물은 주위와 조화가 되지 않는다 하여 말이 많았으나,

지금은 파리의 대표적인 조형물이 되었다.

과거에는 여러 곳으로 박물관에 입장하였는데, 유리 피라미드가 완성되고부터는 이곳으로만 입장할 수 있다. 피라미드는 연못으로 둘러싸여 있는데 박물관이 유명하니까 유리 피라미드도 덩달아 유명해진 게 아닌가 생각해 본다. 아니면 유리 피라미드 때문에 박물관이 더 유명해진 것인가?

유리 피라미드는 과거와 미래를 연결해주는 것이라 생각한다.

🚗 시테섬으로(노트르담 대성당)

루브르 박물관에서 빅버스를 타고 1.6㎞ 떨어진 파리의 발상지로 알려진 시테섬으로 향했다. 시테섬은 노트르담 대성당이 있는 센강의 중앙에 있는 섬이다.

노트르담의 뜻은 '우리의 귀부인'으로 예수님의 어머니 마리아를 지칭한다. 노트르담 대성당은 에펠탑과 함께 대표적인 건축물로 프랑스 고딕건축의 대표적 건물이다. 1163년 루이 국왕 7세가 건축을 시작하여 1345년에 완공되었고 1548년에는 개신교도들이 폭동을 일으켜 건물의 조각 등이 우상숭배라는 이유로 노트르담 대성당 외관을 파괴하였다. 1804.12.2. 나폴레옹 1세와 그의 아내 조세핀의 대관식이 교황 바오로 7세의 사회로 이루어졌다.

19세기 초 대성당이 황폐하게 되자 도시계획에 의거해서 철거까지 고려했으나 소설가 빅토르 위고가 『노트르담의 곱추』를 써서 노트르담 대성당에 대한 관심을 끌게 하여 모금 운동이 일어나 1845년에 복원되었다. 노트르담 대성당을 보기 전에는 런던에 있는 웨스트민스터 사원과 헷갈렸다. 건물 앞 모양이 비슷한 것 같다.

| 노트르담의 곱추 줄거리 |

네 명의 집시가 노트르담 안으로 들어가려는 것을
판사 프롤로가 저지하자 한 여자가 꾸러미를 들고
도망을 치다가 꾸러미를 빼앗기고 사원 계단에 머리
를 부딪쳐 죽게 된다. 꾸러미 안에 싸인 흉한 모습
의 아기를 보고 악마라고 생각한 프롤로는 우물에
던져 죽이려고 하자 이것을 본 부주교가 죄 없는 여
인을 죽이고 아기까지 죽이면 지옥에 떨어질 것이라는
경고를 하게 되고, 아기를 키우라는 말에 마지못해 아기를
사원 종탑에 살게 하여 아기 콰지모도는 노트르담의 종지기가 된다.

프롤로는 콰지모도에게 도시 사람들은 악하여 밖에 나가면 흉한 모습의 그
를 죽일 것이라고 하면서 종탑에서 나가지 말라고 하였다. 청년이 된 콰지모도
는 사람들이 있는 마을로 가고 싶은 동경으로 가득 차 있던 중 어느 날 친구가
1년에 한 번 열리는 변장축제라면 나가서 도시를 구경할 수 있을 거라는 말로
설득하여 가장 행렬에 나갔다가 에스메랄다를 보고 반한다.

그는 그 행사에서 바보들의 왕으로 뽑혔는데 처음에는 사람들이 즐거워하였
지만, 콰지모도가 변장한 것이 아니라 실제 얼굴이 흉한 것임을 알고 콰지모도
를 공격하자 에스메랄다가 구해준다.

이 사실을 알게 된 프롤로는 피버스에게 에스메랄다를 체포하도록 하였으나
에스메랄다는 군인들을 피해 노트르담 사원에 들어간다. 한편 콰지모도는 에
스메랄다가 사원에서 탈출하도록 도와준다.

피버스는 프롤로의 흉악한 행동에 분노하고 그의 명령을 듣지 않자 프롤로는
화살을 쏘아 피버스를 바다에 빠트린다. 에스메랄다는 피버스를 구해 사원의
종탑에 데려오고 이 과정에서 콰지모도는 에스메랄다와 피버스가 사랑하는 관
계임을 알고 괴로워한다.

(중략)

결국 프롤로는 콰지모도 일행과 싸우다가 거물에서 떨어져 죽고 콰지모도는
에스메랄다와 피버스의 관계를 축복하고, 마을 사람들로부터 평범한 사람으로
인정받는다.

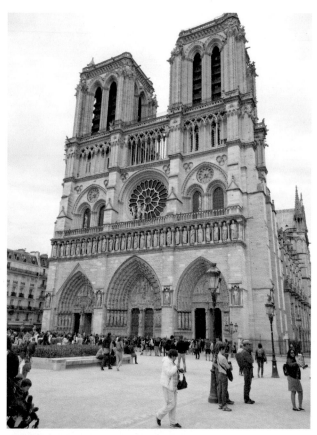

유명관광지는 어느 곳이든 무장한 군인들이 있다

직장인 휴가를 이용한 서유럽 자동차 여행

(위) 노트르담 성당
(왼쪽 아래) 샤를마뉴대제 동상(Charlemagne, 742~814)
(오른쪽 아래) 지옥의 문

🚗 오르세 미술관(Musée d'Orsay)

　빅버스를 다시 타고 7번 정류장인 오르세 미술관 앞에 내렸다. 우리 부부만 내렸다.

　가르도르세 기차역을 1900.7.1. 파리 세계박람회에 맞추어 개장하였으나 수지가 맞지 않아 1961년 폐쇄하였다. 1977년 프랑스 정부는 기차역을 박물관으로 만들기로 결정하고 1980~1986년간 공사 후 1986.12.1. 문을 열었다. 이곳에는 빈센트 반 고흐, 폴 고갱 등의 작품이 전시되어 있다. 건물은 투박하게 생겼는데, 예전에 기차역이었다는 것을 알 수 있는 건물이다. 나는 그림을 좋아하지 않아 미술관은 가지 않았다.

　베르사유 궁전까지 가는 RER C선 기차를 타기 위해 지하에 있는 뮈제 도르세역 Gare du Musée d'Orsay 으로 계단을 통해 내려갔다.

🚙 베르사유(Versailles) 궁전도 보아야 하리라

RER 열차는 드골 공항에서 숙소로 올 때 타본 기차였다. 국내에서 미리 발급받은 RER 하루 자유이용권 티켓을 사용하였다. 티켓에 사용개시 일자를 적어서 사용해야 한다. RER 열차는 파리의 모든 버스, 지하철도 탑승할 수 있는데, 파리를 1~5 존으로 설정하여 요금이 다르다. 베르사유 궁전은 파리 외곽지역에 있어서 5존 티켓을 끊어야 숙소 호텔에서 갈 수 있다. 오르세 지하에 있는 뮈제도르세역에서 베르사유 궁전이 있는 샤토리버고슈역까지 11개 역을 지나서 40분 정도 걸려 도착했다. 스마트 폰으로 구글 지도를 켜서 베르사유 궁전을 찾아가는데 5분 정도 걸어가자 입구가 나타났다.

구글지도가 없더라도 많은 사람이 가는 곳으로 따라가면 된다. 루이 14세 때 완성된 베르사유 궁전은 많은 사람들로 줄이 길게 늘어서 있었다. 물론 국내에서 입장권을 구입해갔지만, 이 날이 토요일로 인해 입장하는 줄이 핑장히 길었다. 거의 1시간 정도 줄을 서서 기다려 보안 검색 후 입장하였다. 건물 내부의 설명을 들을 수 있는 헤드폰을 받을 때 어느 나라에서 왔는지 물어보는데 한국어가 나오도록 조정해주었다. 각 방마다 방 번호가 붙어 있는데 수신기에 해당 번호를 누르면 설명이 나온다. 사람들로 꽉 차서 움직이기가 어려울 정도였다. 단체 관광객도 많이 와서 혼잡하였다. 무엇보다 방마다 조명이 어두웠고, 사람들의 이야기 소리로 시끄러웠다. 어쨌든 헤드폰에서 설명하는 내용을 들으면서 방을 옮겨 갔다.

베르사유에 최초로 궁전이 들어선 것은 1624년으로 루이 13세의 사냥용 별장으로 지어졌고, 루이 13세 사후 한동안 방치되다가, 루이 14세가 1661년 실질적인 권한을 장악하면서 1665년까지 베르사유 궁의 확장공사를 하였고, 1677년 베르사유를 왕궁으로 삼겠다는 결정을 하고, 1682년 파리에서 베르사유로 거처를 옮기면서 대대적인 증축공사를 하였다.

1층은 베르사유 궁전의 역사를 그림 등으로 설명하였고 2층은 집무실과 접대용 방, 그리고 왕의 침실과 호위병의 침실 등이 있었다. 왕실 예배당은 유럽의 다른 성당과 마찬가지로 아주 웅장하고 화려하였다. 왕실 예배당은 1689년에 착공해 1710년에 완공되었고, 내부 장식은 당시 유명한 화가와 조각가가 총동원되었다. 유럽의 대부분의 궁전에는 예배당이 있다. 거울의 방은 원래 테라스였던 곳을 고쳐서 만든 곳으로 길이가 73m, 폭 10.5m, 총 357개의 거울과 정원을 바라보는 17개의 아치형 창으로 된 이 방은 베르사유 궁전에서 제일 화려한 곳이다. 그리고 이 방은 귀족들이 왕을 만나러 갈 때 통로로 사용되었다. 거울이 귀했던 당시 루이 14세의 권력의 상징으로, 1919년 제1차 세계대전을 종식시키는 베르사유 조약이 이 방에서 체결되었다. 왕의 침실은 루이 14세의 침실로 사용되었는데 1715년 9월 1일 이곳에서 영원히 잠들었다. 입장권은 궁정과 대 정원을 볼 수 있는 것은 1인 18유로 23,580원 이고 궁전, 정원과 트리아농 전체를 다 볼 수 있는 입장권은 20유로이며, 우리가 방문한 토요일은 분수 쇼가 열리는 날로 모든 것을 볼 수 있는 통합 입장권을 샀다.

(위) 궁전 두 번째 정문
(아래) 거울의 방

그리스 신화에 나오는 라톤의 샘(그리스 신화의 라톤의 샘은 신의 저주를 받은 사람들이 파충류로 변해 가는 모습을 보여줌)

입장권을 살 때 분수쇼가 있는 날인지 확인하고 표를 사야 한다. 티켓 구입은 소쿠리 패스라는 판매대행 업체를 통해 구입했지만, 분수 쇼가 열리는 날 확인은 베르사유 궁전 홈페이지에서 가능하다. 그리고 베르사유 궁전에는 길이만 2.5km가 넘는 어마어마한 크기의 대 정원을 둘러 볼 수 있는 꼬마기차가 있다. 꼬마기차 이용권은 현지에서만 구입이 가능하며, 베르사유 궁전 입장권에는 포함되어 있지 않다.

우리 부부는 꼬마 기차를 이용하지 않고 걸어서 구경하였다. 정원 입구에 들어가서 아래를 보니 엄청나게 큰 정원에 압도되었다. 원래 이곳은 늪지대로 궁전을 지을 수 없는 땅인데 루이 14세가 자신의 권력을 이용하여 많은 사람들의 반대를 무릅쓰고 1662년부터 1710년까지 거의 50년이란 세월 동안 완성하였다.

베르사유 정원은 프랑스식 정원의 아름다움을 그대로 간직하고 있는데 루

베르사유 궁전의 정원

이 14세가 궁전보다 더 신경을 써서 정원을 만들었다고 한다. 유럽의 웅장한 건물들을 보면 왕의 권력에 의해 백성들의 삶이 어려웠다는 생각이 든다. 저 멀리 보이는 운하를 쳐다보고 쭉 우측으로 내려가면 또 입장권을 검사하는 곳이 나타난다. 들어가서 우측으로 계속 가면 프티 트리아농이 나오는데 이곳은 루이 15세가 자신의 정부인 풍파드르 후작을 위해 지었으나 완공 4년 전에 사망하였다.

　루이 16세는 마리 앙투아네트를 위해 새로 단장을 하였고, 마리 앙투아네트는 이곳에서 가면극 등 사교활동을 하였다. 1789년 10월 5일 프랑스 혁명 당시 이곳에 있다가 다음 날 파리의 튈르리 궁전으로 끌려가서 38세 생일을 2주 앞두고 단두대에서 처형되었다. 마리 앙투아네트 1755.11.2.~1793.10.16. 는 프랑스의 왕 루이 16세의 왕비로, 신성로마제국 황제 프란츠 1세와 오스트리아 제국의 여제 마리아 테레지아 사이에서 15번째 자녀로 태어났다. 그녀는 자유분방한 어린 시절을 보냈는데 1762년 비엔나 궁전 음악회에 온 여섯 살 난 모차르트가 넘어지자 일으켜 주었고 즉석에서 청혼을 받기도 하였다.

　당시 오스트리아는 프로이센의 위협을 받고 있었기 때문에 그의 어머니 마리아 테레지아는 적대국이던 프랑스와 동맹을 맺고자 자신의 딸을 프랑스의 루이 왕자와 정략결혼을 시켰는데 프랑스와의 이해관계가 맞아떨어졌기 때문이다. 우리 가족이 2001년 7월 독일에 살고 있던 여동생의 초청으로 독일을 방문하였다가 오스트리아 빈에 가서 마리 앙투아네트가 15세까지 살았던 1,400개가 넘는 방이 있는 쉔부른 궁전에 갔었다. 프랑스에 정략결혼으로 시집간 앙투아네트가 불쌍하다고 생각했는데 16년이 지난 지금 그녀가 결혼하여 살았던 프랑스 베르사유 궁전에 와 있으니 묘한 감정이 교차한다.

　정원 모퉁이를 지나가면 마리 앙투아네트의 시골 마을이 나온다. 평소에는 귀족들과 함께 어울려 사교적인 행사를 많이 치렀지만 가끔씩 혼자만의 시간을 가지기를 좋아한 마리 앙투아네트는 시골마을을 만들어 이곳에서 농사짓는 일을 보면서 혼자 있기를 좋아했다.
　왕비로서 사교 등에 지출이 많은 것은 사실이지만 나라의 국고가 비는데 결정적 영향을 끼친 것은 아니다. 루이 14세 때부터 이미 재정에 빨간불이 켜졌고, 거기에 미국독립 전쟁을 지원한 것이 재정악화의 요인이 되었다. 루이 16세도 검소한 사람이었지만 국고가 바닥이 난 것이 이들 부부의 사치와

향락 때문이라는 죄와 반혁명죄를 씌워 왕과 왕비가 죽임을 당했다고 생각하니 인생무상을 느낀다.

오스트리아 쉔부른 궁전과 베르사유 궁전은 건물이 너무 비슷하다. 1683년 레오폴드 1세가 베르사유궁전을 모델로 건축하였기 때문이며 정원도 베르사유 궁전과 같이 아주 넓었다.

베르사유의 정원의 넓이는 1㎢가 넘는 규모로 그 넓은 정원을 걸어 다니는 것도 힘들다. 루이 14세가 심혈을 기울여 만든 정원은 단순한 정원이 아니라 하나의 거대한 도시다. 파리에는 건축물과 기념 아치 등에 루이 14세의 흔적이 곳곳에 남아 숨 쉬고 있었다.

나는 관광을 할 때면 아내와 끊임없이 보고 느낀 감동을 나눈다. 이것이 혼자 여행하는 것보다 두 사람이 여행하는 좋은 점이다. 여행의 감동을 나누면 즐거움이 배가되기 때문이다. 베르사유 궁전을 구경하려면 하루는 족히 필요할 것 같았다. 지친 발걸음을 재촉하여 정원을 빠져나왔다. 궁전과 작별의 인사를 한다.

"베르사유 궁전, 안녕!"

🚗 비 내리는 개선문

아무튼 그 넓은 거리를 걸어서 구경하고 정원을 빠져나왔다. 왔던 길로 다시 돌아가서 샤토리버고슈역에서 2층으로 된 기차에 올라 2층에 올라갔다. 2층으로 된 기차는 태어나서 처음 보았고 처음 타 보았다. 기차 안에서 미처 먹지 못한 점심을 먹었다.

파리 시내로 들어가 베르사유 궁전에 올 때 이용했던 오르세 미술관 옆에 있는 뮈제 도르세역 Gare du Musée d'Orsay 에 내려 지하역에서 계단을 통해 지상으로 올라갔다. 빅버스 7번 정류장이다. 그리고 빅버스를 타고 어제 지나갔던 콩코르드 광장을 지나 빅버스 8번 정류장이 있는 개선문에 도착했다.

개선문에서 행사 중인 군인들의 모습이 보인다

비가 너무 많이 내려 빅버스에 비치된 비옷을 입고 나갔는데 군인들이 행사를 하고 있었다. 이곳은 12개 거리가 만나는 로터리로 파리의 대표적 볼거리다. 나폴레옹이 1805년 아우스트리츠 전투에서 오스트리아와 러시아 연합군에게 승리한 것을 기념하여 만들었으나 영국과의 워털루 전쟁에서 패하여 세인트헬레나섬에 귀양을 가서 1821년에 사망하여 19년만인 1840년에 관에 실려 이곳을 지나 앵발리드에 묻혔다.

높이 50m, 폭 45m의 웅장한 개선문은 아파트 17층 높이에 달하는 거대한 건축물이다. 옥상 전망대까지 엘리베이터가 있으나 장애인 전용으로 일반인은 284개의 계단을 올라가야 한다. 1차 대전 때 전사한 무명용사의 묘지가 있는데 많은 비가 오는 가운데 추모 행사가 열리고 있었다. 오늘 개선문을 구경하고 근처에 있는 데카트론에서 텐트를 구입하려고 했는데, 비도 많이 내리고 베르사유궁전을 너무 많이 걸어 다녀서 피곤하여 단념하였다. 아내도 내일 파리를 떠나면서 구입하자고 하였다.

구글지도에 파리에 데카트론이 몇 군데 있는데 오늘 구입하지 않으면, 월요일 렌트카를 인수하여 파리를 떠날 때 공항에서 가까운 데카트론을 들러야 하기 때문에 더 많은 시간이 소모되지만, 우산도 없고 시간도 늦어 그냥 숙소로 돌아가기로 하고 빅버스를 탔다. 빅버스는 9번 정류장인 그랑팔레 Grand Palais 를 지나 10번 정류장인 트로카데로 Trocadero 를 경유하여 사이요궁을 지나는데 어제 에펠탑을 보고 다음으로 구경한 곳이다. 빅버스는 에펠탑을 돌아 오페라가르니에서 멈추었다.

🚗 지하철을 타고 숙소로

　몽마르트 루트로 갈아타고 숙소로 가려고 했는데 빅버스로는 더 이상 갈
수 없었다. 부근에 있는 오페라 지하철역으로 가서 역무원에게 물어, 지하철
을 한 번 갈아타고 숙소가 있는 북역에 도착하였다. 택시를 탈 수도 있지만,
오전에 베르사유 궁전에 갈 때 이용한 RER 하루 통행권은 모든 교통수단을
이용할 수 있으므로 지하철을 이용하였다.

　북역에서 지하철 출구를 빠져나오는데 내 아내의 티켓이 인식이 되지 않
아서 출구가 열리지 않았다. 오페라 역에서도 입구 문이 열리지 않아 역무원

이 열어 주었는데, 기계가 티켓을 인식하지 못하고 있었다. 내가 먼저 나가서 역무원을 찾아봐도 보이지 않아 내 티켓을 아내에게 주어 나오게 하였다. 내가 조금 전에 한번 사용한 티켓이기 때문에 내 아내가 다시 사용하면 기계가 두 번 사용으로 인식하여 작동되지 않을 수 있다는 걱정을 했지만, 다행히 출구 문이 열렸다. 베르사유 궁전을 많이 걸어서 피곤한 발걸음을 이끌고 북역을 나서자 피로가 풀렸다. 숙소에 가까이 오니 내 집에 온 것 같이 안정감이 들었다.

파리는 하나의 거대한 박물관과 같다. 도시 전체가 하나의 예술품이다. 건물 하나하나를 봐도 건물에 히스토리가 있다. 과거를 지나간 역사로 돌리지 않고, 현재를 살아가는 지혜의 통로로 여겨 과거와 현재가 공존하여, 미래를 만들어가는 현명함이 있다. 그리고 18세 미만의 청소년과 어린이는 대부분의 입장료가 무료로 저출산에 따른 정책인지 모르겠지만, 다음 세대를 위한 배려가 확실히 눈에 띈다. 내가 학교 다닐 때 프랑스가 저출산율 1위 국가였는데 이러한 정책 때문인지 출산율이 높아졌다. 사람이 살아 있는 것만으로도 역사의 맨 앞부분을 담당하고 있지만, 파리를 다니면서 과거의 지난 역사 현장에 타임머신을 타고 와있다는 느낌을 여행 내내 간직하였다.

어제와 마찬가지로 숙소에서 밥을 해서 먹고 각종 전기 기기를 충전시켜 놓았다. 내일은 이틀간의 파리 관광을 마치고 런던 1일 관광을 떠난다. 미지의 세계에 대한 기대와 잘할 수 있을지, 이런저런 생각을 하면서 잠이 들었다.

파리 명소 입장권 할인 프로그램

❶ 파리 뮤지엄 패스

파리 뮤지엄 패스는 2, 4 또는 6일 동안 60개 이상의 박물관(상설 전시만 해당) 및 파리와 파리 지역의 기념물까지 무료로 무제한 방문할 수 있다. 에펠탑은 파리 뮤지엄 패스로 불가능하고, 베르사유궁전은 분수 쇼가 진행되는 동안 음악 정원과 공연, 작은숲, 정원에는 파리 뮤지엄 패스 소지자는 입장이 불가능하고 파리에서 이틀만 있을 것이기 때문에 뮤지엄 패스를 구입하지 않았다. 아래의 박물관 전부를 정해진 기간 동안 횟수 제한 없이 입장할 수 있다.

가격은 2일권 47.50유로, 4일권 61.50유로, 6일권 74.00유로이다.(18세 미만은 무료입장)

|파리 시내|

Arc de Triomphe : 개선문

Musée de l'Armée - Tombeau de Napoléon 1er
: 군사박물관 - 나폴레옹 1세 무덤

Centre Pompidou – Musée national d'art moderne
: 퐁피두센터 – 현대미술관

Musée national des Arts asiatiques - Guimet : 기메 미술관

Musée des Arts décoratifs : 장식 미술 박물관

Espaces Mode et Textile : 패션과 섬유 박물관

Espaces Publicité : 출판, 광고 박물관

Musée Nissim de Camondo : 니심 드 카몽도 미술관

Musée des Arts et Métiers : 국립기술공예 박물관

Musée du quai Branly : 캐 브랑리 박물관

Chapelle expiatoire : 속죄의 예배당

La Cinémathèque française – Musée du Cinéma
: 시네마테크 프랑세즈 – 영화박물관

Cité des Sciences et de l'Industrie – La Villette : 과학 산업 박물관

Conciergerie : 콩씨에르쥬리

Musée national Eugène Delacroix : 국립 유젠 드라크루와 박물관

Musée des Égouts de Paris : 파리 하수도 박물관

Palais de la Porte Dorée – Musée national de l'histoire de l'
Immigration : 이민역사박물관

Musée de l'Institut du Monde arabe : 아랍협회박물관

Musée d'art et d'histoire du Judaïsme : 파리유태역사예술박물관

Musée du Louvre : 루브르박물관

Musée national de la Marine : 국립해양박물관

Cité de l'Architecture et du Patrimoine – Musée des Monuments
français : 파리건축문화재단지-프랑스문화재박물관

Musée Gustave Moreau : 귀스타브모로 미술관

Musée Cluny – Musée national du Moyen Âge : 클뤼니 중세 박물관

Cité de la Musique – Musée de la Musique : 음악박물관

Crypte archéologique du Parvis Notre-Dame : 고대지하예배당

Tours de Notre-Dame : 노틀담대성당

Musée national de l'Orangerie : 오랑주리미술관

Musée de l'Ordre de la Libération : 해방훈장박물관

Musée d'Orsay : 오르세미술관

Palais de la Découverte : 발견의 전당

Panthéon : 판테온

Musée national Picasso : 피카소미술관

Musée des Plans-reliefs : 입체모형박물관

Musée Rodin : 로댕미술관

Sainte-Chapelle : 생샤펠 성당

Musée de l'Air et de l'Espace : 항공우주박물관

Musée d'Archéologie nationale et Domaine national de Saint-Germain-en-Laye : 국립고고학박물관

Sèvres, Cité de la céramique – Musée national de la céramique : 국립세라믹박물관

Abbaye royale de Chaalis : 차리스왕궁수도원

Château de Champs-sur-Marne : 샹쉬르마른성

Musées et domaine nationaux du Palais impérial de Compiègne : 콩피에뉴성 국립박물관

Musée Condé – Château de Chantilly : 콩데미술관 – 샹티이성

Musée départemental Maurice Denis : 모리스드니 미술관

Château de Fontainebleau : 퐁텐블로성

Château de Maisons-Laffitte : 메종-라피트성

Musée national des Châteaux de Malmaison et Bois-Préau : 말메종과 부아프레오성의 국립박물관

Château de Pierrefonds : 피에르퐁 성

Musée national de Port-Royal des Champs : 포트루아얄 데 샹 미술관

Château de Rambouillet, Laiterie de la Reine et Chaumière aux Coquillages : 랑부이예 성, 왕비의 농장

Musée national de la Renaissance – Château d'Ecouen : 국립르네상스미술관 – 에쿠앙성

Maison d'Auguste Rodin à Meudon : 뫼동에 위치한 로뎅 하우스

Basilique cathédrale de Saint-Denis : 생드니 대성당

Villa Savoye : 빌라 사보이

Musée national des Châteaux de Versailles et de Trianon : 베르사이유궁전

Château de Vincennes : 뱅센성

❷ 숙박예약 대행업체 할인 프로그램

Booking.com의 경우 숙박시설 체크인 하루 전날 메일을 통해 숙박 기간 동안 사용할 수 있는 할인권을 보내온다. 79곳의 박물관 등을 30% 정도 할인받을 수 있다. 물론 동행하는 사람도 마찬가지이다.

❸ 국내의 입장권 판매 대행업체

국내에 입장권 판매 대행업체가 많은데 입장권 구입 시 기본적으로 할인되어 있다.

영국,
런던 *United Kingdom, London*

영국

- **국명** : 영국연합왕국(United Kingdom Of Great Britain And Northem Ireland)
- **행정구역** : 잉글랜드, 스코틀랜드, 북아일랜드, 웨일즈
- **수도** : 런던(LONDON)
- **언어** : 영어
- **화폐** : 파운드(POUND)
- **인구** : 약 5,650만 명
- **면적** : 242,534㎢
- **종교** : 성공회 50%, 카톨릭 11%, 개신교 30%, 기타 9%
- **정치형태** : 입헌군주제, 의원내각제(상원-종신제, 하원-임기 5년)
- **시차** : 우리나라보다 9시간 느림. SUMMER TIME 실시할 경우 8시간 느림
- **전기** : 220~240V
- **기타** : 대한민국 국민은 6개월 무비자 입국

| 런던 |

잉글랜드의 템즈강 하구로부터 60㎞ 상류에 위치하고, 면적은 1,578㎢로 서울보다 2.5배 넓고 인구는 840만 명(2016년)이다. 특별구 1개와 자치구 32개로 구성되고, 특별구는 시티 오브 런던으로 과거 런던이며, 경제의 중심지이고, 시티 오브 웨스트민스터는 정치적 중심지이다. 런던 관광지는 두 곳에 집중해 있으므로 걸어 다니기 편리하다.

United Kingdom

유로스타를 타고 런던으로

파리 북역의 유로스타 탑승(왼쪽 기차)

　오늘은 2017.6.4, 파리의 이틀 관광을 끝내고 영국 런던을 하루 일정으로 다녀오기로 계획된 날이다. 국내에서 런던 하루 관광을 할 수 있는 London One Day Tour ^{Eurostar Tour} 티켓을 예매하였다. 본 투어는 PARISCity VISION과 함께하며 미딩 포인드인 북역 ^{Gare du Nord} 에서 PARISCity VISION 스탭에게 이 바우처를 제출하면 서비스를 받을 수 있다. 서비스는 다른 게 아니라 유로스타 왕복 티켓과 골든투어 ^{Golden tour} 버스 티켓, 워킹투어 티켓,

그리고 템즈강 유람선 티켓과 유로스타 이용시간과 주의 사항을 적은 안내문을 받는 것이다. 골든투어는 런던의 주요 관광지를 경유하는 골든투어 2층 버스를 마음대로 타고 내릴 수 있다.

워킹투어는 48시간 이내에 사용할 수 있고, 템즈강 보트 투어도 48시간 이내 사용할 수 있는데 오전 10시부터 오후 7시까지 운항한다. 북역에서 걸어서 5분도 안 걸리는 곳에 숙소를 잡았기 때문에 걸어서 바우처에 표시된 미팅 시간인 7시 30분에, 북역 1층에서 2층으로 올라가는 탑승구역 에스컬레이터 앞에 도착하니 이미 20명 정도의 사람들이 모여 있었다. 동양 사람은 우리 부부뿐이었다. 북역 부근에 숙소를 정해 놓으니 런던 갈 때도 편하게 다녀올 수 있었다.

여기서 PARISCity VISION의 관계자로부터 런던 하루 투어에 대한 안내문과 티켓을 받으면 모두 각자 행동을 하게 된다. 티켓을 보니 오전 8시 13분에 출발하고 9시 30분 _{런던 시간} 런던 세인트 판크라스 역에 도착하니까 런던이 시차가 1시간 느리므로 2시간 17분이 소요된다. 그리고 출발시간 10분 전에 탑승 수속이 마감된다. 돌아오는 시간은 당일 런던에서 오후 8시에 출발, 11시 23분 _{파리 시간} 파리에 도착하게 된다.

물론 유로스타 홈페이지에서 표를 끊을 수 있지만, RONDON ONE DAY TOUR는 모든 티켓을 한꺼번에 예약하므로 편리하였다. 유로스타 요금은 정해져 있는 것이 아니고, 출발일이 가까워올수록 가격이 올라간다. 당초 계획은 파리를 관광하고, 몽생미셸을 방문하려고 했는데, 떼제베 _{TGV} 로 2시간 20분이나 소요되고, 스위스로 가기 위해서는 파리 방향으로 다시 돌아와야 하므로 _{몽생미셸이 파리의 서쪽, 스위스는 동쪽에 위치} 몽생미셸을 가지 않고 런던으로 계획을 수정하였다. 영국은 일반적인 관광지가 많은 곳도 아니라서, 런던만 봐도 될 것 같았다.

이번 기회에 런던에 가지 않으면 언젠가 한 번은 영국에 가야 한다는 생각 때문에 영국을 택했다. 2인 652,100원의 적은 돈은 아니지만 과감하게 투자하였다. 유로스타는 북역 2층에서 탑승 수속을 하고 다시 1층으로 내려가서

유로스타 승차권과 골든 투어 티켓

탑승한다. 일요일 오전인데 정말 많은 사람들로 붐볐다.

프랑스 출국심사를 하고 들어가니 바로 영국 입국심사가 이루어지고 있었다. 내 옆 사람들을 보니 입국신고서를 들고 있었다. 아차, 입국신고서를 작성해야 하는 것을 몰랐다. 주위에 둘러보니 다행히 입국신고서가 비치되어 있어서 급하게 작성하였다. 영국에 도착하여 입국 심사를 하는 것이 아니라 유로스타를 타기 전, 파리에서 실시하는 것이다.

영국은 EU 가입국가이지만 현재 탈퇴 절차를 밟고 있음 다른 나라와는 달리 입국이 까다롭다. 특히 전날인 2017.6.3. 저녁 10시에 런던브리지 부근에서 발생한 테러로 인해 6명 테러범 3명 포함 이 사망하고, 50여 명이 부상을 입은 사건도 있었기 때문에 괜히 신경이 쓰였다.

영국 입국 심사장에서 심사할 때, 돌아오는 유로스타 티켓을 여권에 넣어 같이 주었다. 그 덕분인지 아무 말 없이 여권에 입국도장을 꽝 찍어주었다.

DAY TRIP TO LONDON WITH EUROSTAR

Welcome on our tour to London

Please find below our schedule for the day:

- **7:30 am: Meet at Gare Du Nord station – 75010 Paris.**

  . Our guide will direct you to the ticket check-in area where you will pass through security control and customs.

- **8h13 am: Train departure (2.15 hours trip).**

  Remember to adjust your watch to local English time which is one hour behind French time.
  You will be travelling under the Channel tunnel for a duration of 20 minutes.

- **09h30 am (local time): Arrival at London Saint-Pancras Station.**

  After passing through customs you will be welcomed by our local representative holding a "PARIScityVision" sign.

- Transfer on foot to the bus stop from where you will take the hop-on hop-off bus to visit London at your own pace.

- Free time for lunch, visits and shopping.

- **Arrival at Saint-Pancras station no later than <u>07:20 pm</u>.** Your Eurostar ticket cannot be used on a later train and no refund will be possible for unused tickets.

  8:00 pm: Eurostar train departure for Paris.

  Dining facilities are available in the bar-restaurant on the train. Remember to advance your watch one hour to local French time.

- **11h23 pm** : Arrival in Paris at Gare du Nord. Remember, that return to your hotel isn't included in your tour. Taxis are available from the station and the taxi rank is well indicated.

<u>ATTENTION PLEASE: YOUR TRAIN TICKET IS ONLY AVAILABLE FOR THE 08:00PM TRAIN.</u>

Have a wonderful day!

London One Day Tour 안내문

프랑스 입국 때와 오늘 영국 입국심사 때 느낀 점은 출입국 심사관들이 아주 친절하다는 것이다. 무표정한 사무적인 얼굴이 아니라 잘 다녀오라는 표시를 얼굴에 가득 담고 있었다. 그래서 나는 여권을 받으면서 "땡규!"라고 응답해 주었다.

유로스타는 TGV를 기본으로 프랑스·영국·벨기에 3국이 공동 개발한 차량으로, 3개국 직통 운전을 위해 만들어졌다. 최고속도 시속 300km로 운행하고, 런던-파리 간의 소요 시간은 2시간 15분이다. 유로스타의 역사는 영국과 프랑스 간을 가로지르는 철도 터널을 만들기로 한 1986년으로 거슬러 올라간다.

일찍이 1974년에도 양국을 연결하는 터널을 건설하려는 계획이 있었으나 곧 폐기되고 말았다. 1988년에 새로운 토대 위에 건설이 시작되었고, '유로터널'이 터널을 운영하고 소유하기 위하여 설립되었다. 터널 공사는 1993년에 완공되고 1994년 5월 6일에 공식적으로 운영이 개시되었다. 터널의 총 길이는 55km이며, 이 중에 바다 밑에 있는 것은 37km로 세 개의 터널로 이루어져 있고 영국의 채링턴과 프랑스의 코크뉴를 연결한다. 드디어 말로만 듣던 유로스타에 탑승하였다.

St. pancras 역 전광판

세인트 판크라스역

런던 1일 여행을 가는 사람들이 주위 좌석에 모여 있었다. 개별로 런던 여행 후, 돌아올 때 모두 같은 열차로 돌아올 것이다.

기차 여행은 여러모로 좋은 점이 많다. 안전하고 정시에 도착하고, 사람 구경하는 재미도 있다. 창밖으로 작은 마을들이 나타났다가 지나갔다. 기차 속도 때문에 사진을 찍을 수가 없었지만, 눈으로 프랑스와 영국의 작고 예쁜 농촌 마을들이 옹기종기 모여 있는 것을 지켜볼 수 있었다. 그러던 중 해저 터널로 기차가 들어갔다. 창밖만 볼 수 없을 뿐 해저로 지나간다는 느낌은 들지 않았다. 유로스타 덕분에 파리에서 런던을 너무 편하고 쉽게 왔다.

런던시간 오전 9시 30분에 도착하였다.
세인트 판크라스역 St Pancras railway station 에서 나와서 골든투어 Golden tour 버스정류장을 찾았다. 역 건물이 무슨 박물관 같이 고풍스럽고 웅장했다. 세인트 판크라스역 뒤편에 있는 골든 투어 버스 71번 정류장에서 버스를 탔다. 이 버스는 한국어 오디오 서비스가 되지 않아, 영어 오디오 서비스를 선택했다. 하루빨리 한국어로도 관광지 설명을 들을 수 있는 서비스가 되었으면 좋겠다.

골든 투어 외에도 파리에서 이용한 빅버스도 다녔고, 그리고 내가 모르는 많은 종류의 시티 투어 버스가 다녔다. 시간이 없는 사람에게 버스 투어는 짧은 시간에 중요한 곳을 모두 둘러볼 수 있어서 유용한 수단이다. 유럽은 조상 덕으로 먹고산다는 말이 실감이 난다. 선조들이 이루어 놓은 문화적 유산이 유산으로 그치지 않고 경제발전에 기여하고 있다는 사실은 부럽기까지 하였다.

🚗 런던 버스 투어 / 골든 투어(Golden tours)

골든 투어 버스는 5개 노선에 98개의 정류장에서 타고 내릴 수 있다. 오늘 런던은 아주 좋은 날씨다. 파리에서 이틀은 비가 내렸다 그치기를 반복하였는데 보상이라도 하듯이 오늘은 맑은 날이다.

버스를 타기 전에 정류장에 상주하는 직원에게 티켓을 교환하고, 2층 버스에 올라 버스투어 지도를 가지고 2층 맨 앞자리를 잡았다. 버스 투어의 최고 좋은 자리가 바로 2층 앞자리다. 정면으로 시내의 건물들이 한눈에 모두 들어왔다. 파리에서 한 번도 앞자리에 앉아본 적이 없는데 오늘은 2층에 사람들이 있었음에도 불구하고 이 자리가 비어있었다. 바람도 막아주고, 비가 와도 괜찮은 특급좌석에 앉으니 내 개인 전용 차량으로 여겨졌다.

여기가 런던이구나.
런던에 왔다는 것이 아직 실감 나지 않는다.

골든 투어 버스

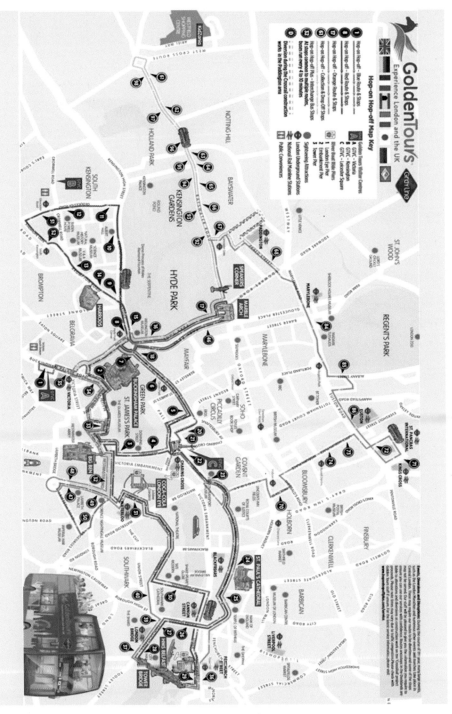

Golden tours 노선도

🚗 트라팔가 광장(Trafalgar Square)

버스 2층에서

세인트 판크라스 역을 출발한 버스는 잠시후 트라팔가 광장을 지나간다.

우리나라의 해군 영웅은 이순신 장군이지만 영국의 해군 영웅은 넬슨 제독으로 국민영웅으로 추앙받고 있다. 1758년 목사의 아들로 태어난 넬슨은 해군사관학교를 졸업하여 해군 장교가 되었다. 넬슨은 전쟁에서 오른쪽 눈과 왼쪽 팔을 잃었다. 그는 1805.10.21. 세계 4대 해전으로 불리는 트라팔가 해전에서 프랑스와 스페인 연합함대 33척과 27척의 영국함대가 전투를 벌여 이 전투에서 승리하고 자신은 전사하였다.

런던의 중심에 위치한 이 광장은 전쟁에서 승리한 넬슨 제독을 기념하기 위해, 옛 왕실 마구간 Royal Mews 자리에 1830~1840년에 걸쳐 만들어진 것이다.

넬슨 제독의 동상은 50m의 원기둥 위에 E. H. 베일리가 제작한 높이 5m 의 동상이 세워져 있으며, 그 주변에는 4마리의 사자가 넬슨 제독을 지키고 있다. 파리에서는 나폴레옹의 업적을 기리는 많은 기념물이 있었는데, 런던 은 나폴레옹의 패배에 따른 기념물이 세워져 있는 것이 특이했다. 부근에 지하철 채링 크로스역이 있다.

🚗 왕립 재판소 (Royal Courts of Justice)

트리팔가 광장에서 빅버스로 1.2㎞ 지나면 성 같은 큰 건물이 좌측에 나오 는데 왕립 재판소이다. 건축가 조지 에드먼드 스트리드 George Edmund Street 가 설계한 빅토리아 시대의 고딕 양식으로 1882년에 완공된 왕립 재판소는 잉 글랜드와 웨일스의 최고 법원이다.

왕립재판소

　주로 이혼, 명예 훼손, 채무와 상고 등의 소송 사건을 다루는 영국의 주요 민사 법원인 왕립 재판소 내에는 1,000여 개의 방과 5.6Km나 되는 긴 복도가 들어서 있어 그 규모에서도 영국의 주요한 법원임을 짐작할 수 있다.

　재판이 있을 때면 일반인들의 관람 및 방청이 허용되는데 게시판의 사건 목록을 보고 방청 가능한 사건일 경우 법정에서 관람할 수 있다. 반대로 형사 사건은 왕립 재판소에서 10분 거리에 있는 올드 베일리에서 다뤄지고 있다.

　버스를 타고 가면서 찍은 사진이라 구도가 좋지 않지만, 정면에서 봐도 이것보다 특별히 더 좋지 않다. 무슨 성같이 지은 커다란 건물 정도로 느껴진다.

🚗 세인트 폴 대성당(Saint Paul's Cathedral)

　왕립 재판소에서 1㎞ 더 가면 세인트 폴 대성당이 나타난다. 110m 높이의 거대한 돔이 있는 세인트 폴 대성당은 런던을 대표하는 성당이다. 바티칸의 성 베드로 대성당에 이어 유럽에서 두 번째로 높은 성당 길이 179m 이다.

604년에 세워진 원래의 성당이 1666년 런던 대화재로 불에 타자 크리스토퍼 렌 Christopher Wren 의 설계로 새로 지은 것이 현재의 대성당이다. 1675년 6월 21일에 첫 돌을 세웠고, 건설을 시작한 지 36년 만인 1711년에 고전과 바로크가 혼합된 양식으로 완공되었다. 하지만 서쪽 탑의 이중 지붕이나 난간 등은 크리스토퍼 렌의 설계와 달리 1718년에 추가되어 변형되었다.

지하로 내려가면 제2차 세계대전 때 전사한 2만 8천여 명의 군인을 기리는 추모비와 함께 넬슨, 웰링턴, 나이팅게일, 윈스턴 처칠 등 200여 명의 유명인들의 납골당도 찾을 수 있다. 이 성당은 특히 1981년 다이애나 왕세자비와 찰스 왕세자가 결혼식을 올린 곳으로도 유명하며, 1965년 윈스턴 처칠의 장례식도 이곳에서 치러졌다

🚗 런던 대화재 기념비(Monument to the Great Fire of London)

세인트 폴 대성당에서 1.1㎞ 정도 가면 런던 대화재 기념비가 세워져 있다. 1666년 9월 2일 새벽 1시 빵집에서 일어난 불이 번져 발생한 대재앙인 런던 대화재를 기억하기 위해 1671년에 시작하여 1677년에 완공되었다고 한다.

당시 화재는 현재 탑이 서있는 위치에서 탑의 높이 만큼인 62m 떨어진 곳에서 처음 일어나 3일 동안 런던 전 시내로 번져, 대부분 목조로 지어졌던 13,000여 채의 민가와 각종 건물들을 모두 태웠다고 한다.

엘리베이터가 없어서 좁은 311개의 계단을 올라 꼭대기에 이르면 전망대가 나온다. 세인트 폴 대성당의 설계자인 크리스토퍼 렌 Christopher Wren 이 설계하였는데 이 기념비는 꼭대기에 구리로 만든 불꽃이 있으며 단일 원주 기둥으로 세계에서 제일 높다. 기둥 아래에는 화재가 일어난 사건을 기록하고 있다.

이 화재는 로마 대화재 서기 64년 7월 18일, 도쿄 대화재 1657년 3월 2일 와 함께 역사상 세계 3대 화재로 손꼽히는 런던 대화재로, 도시 80% 이상의 건물이 잿더미로 변했으며, 인구의 6분의 1이 이재민 신세가 되었다. 한 가지 희한한 기록은 이 엄청난 재난 속에서 사망자가 겨우 아홉 명에 불과했다는 것이다.

이곳에서 우측으로 진행하면 런던 브리지가 나온다.

타워 브리지 Tower Bridge

런던 대화재 기념비에서 1.1km 계속 직진하면 타워 브리지가 나타난다. 타워 브리지는 영국 런던 시내를 흐르는 템즈강 위에 만들어진 다리다. 런던탑 근처에 있기 때문에 이러한 이름이 붙여졌다. 1886년에 착공하여 1894년에 완성한 이 다리는 오늘날에는 런던의 대표적인 상징물 가운데 하나가 되었다. 현재 1년에 약 500번 정도 다리가 들어 올려진다고 한다. 처음에는 수력을 이용해 개폐했지만, 지금은 전력을 이용하고 있다.

타워 브리지(자동차가 좌측으로 통행한다)

타워 브리지 입구, 우측에는 런던탑이 있다. 가장 많이 알려진 장소는 높이 28m의 화이트 타워로, 이러한 이름을 갖게 된 이유는 헨리 3세가 이 탑을 흰색으로 칠한 데서 유래했다. 이곳은 1078년 정복왕 윌리엄이 건설한 휑한 광장과 요새에 기원을 두고 있다.

하지만 방어벽과 해자 그리고 두 개의 다중 원형 안에 여러 채의 건물이 있어 전반적으로 복잡한 구조로 되어 있다. 안쪽 성벽에는 13개, 바깥쪽 성벽에는 8개의 탑이 있다. 원래 런던탑에는 화이트 타워만 있었는데, 1190년에서 1285년 사이에 성벽이 세워졌다.

런던탑의 주요 기능은 요새, 왕궁, 교도소였다. 그중 가장 빈번하게 사용된 용도는 교도소로, 특히 고위 관료들과 왕자와 같은 왕족 포로들을 가두었다. 뿐만 아니라 토마스 모어 경과, 왕위에 올랐다가 9일 만에 폐위된 레이디 제인 그레이 그리고 헨리 8세의 두 부인을 비롯해 많은 사람들의 사형 집행이 이루어졌다.

런던의 특별한 점은 버스가 좌측으로 통행하는 것이다. 세계에서 좌측통행하는 나라는 영국, 일본 등 70개 정도로 영국연방에 속한 나라들과 식민지 나라들이 대부분을 차지한다. 전 세계의 모든 도로에서 72%는 우측통행을 하며 28% 만이 좌측통행을 한다고 한다. 내가 처음 여행 계획을 세울 때 렌트카를 가지고 영국에 들어갈까 생각해 봤는데 좌측통행으로, 운전대가 차의 우측에 붙어 있을 것이 분명하므로 포기했다.

런던탑(우측에 보이는건물)

직장인 휴가를 이용한 서유럽 자동차 여행

동티모르, 방글라데시, 보츠와나, 브루나이, 홍콩, 마카오, 인도, 인도네시아, 일본, 말레이시아, 네팔, 파키스탄, 사모아, 솔로몬제도, 싱가포르, 스리랑카, 스와질랜드, 태국, 부탄, 오스트레일리아, 뉴질랜드, 파푸아뉴기니, 피지, 키프로스, 영국, 아일랜드, 앤티카바부다, 바베이도스, 버뮤다, 도미니카연방, 그레나다, 가이아나, 수리남, 자메이카, 세인트루시아, 세인트빈센트, 그레나딘, 트리니다드 토바고, 케냐, 말라위, 몰타, 모리셔스, 모잠비크, 남아공, 탄자니아, 잠비아, 짐바브웨, 우간다

🚗 HMS 벨페스트(HMS Belfast)호

타워 브리지에서 바라본 HMS 벨페스트호

타워 브리지와 런던 브리지 중간쯤에 정박한 배는 군함 박물관으로 영국 해군 순양함 HMS 벨페스트호인데 1936.12.10. 건조를 시작하여 1938.3.17. 진수하였고 길이는 187M, 중량 11,553톤, 시속 59㎞ 아주 빠르고 큰 군함이

다. 세계 2차 대전 발발 시 독일에 대항하여 싸웠으나, 독일의 기뢰에 부딪쳐 2년 동안 대대적인 수리 후 1942년 화력을 강화하고, 레이더 장비와 기갑장비를 장착하여 1943년에는 노스 케이프 전투에서 독일 전함 샤른호르스트를 파괴하는 중요한 역할을 했다. HMS 벨페스트가 한국전쟁에도 참전한 후 1971년 퇴역한 뒤 템스강변에 정박해 박물관으로 공개되고 있다.

타워브리지를 건너서 다리 반대편으로 버스가 진행하였다. 앞에서도 언급했지만, 이곳이 어젯밤에 일어난 테러 현장이다. 이곳에서 테러가 발생하였다는 사실은 오늘 아침에 일어나서 인터넷 뉴스검색을 통해 알게 되었다. 경찰청에서는 오늘 오전에 테러 현장에서 테러에 관한 기자회견을 가질 것이라는 뉴스가 보도된 것으로 보아 기자회견을 기다리는 방송과 신문기자들인 것 같았다. 도로에는 출입금지 차단선이 설치되어 있고, 경찰이 통제하고 있으며, 많은 TV 카메라가 몰려 있는 것으로 보아 아직 기자회견이 시작되지 않은 것 같다.

뉴스로만 접하던 테러현장을 직접 목격하게 되니 여러 생각이 교차했다.

🚗 런던 아이(London eye)

(왼쪽) 관람용 캡슐 / (오른쪽) 런던 아이(London eye)

그랜드 투어 노선 49번 정류장에서 내려 템즈강 보트를 타기 위해 런던 아이가 있는 부두로 갔다. 내가 받은 티켓의 템즈강 유람선 승차장은 3곳이 있는데, 런던아이 London eye 와 강 맞은편에 있는 제방 Embankment 그리고 런던탑 승선장이다. 런던아이에서 유람선을 타고 런던탑에서 내려 다시 버스를 타고 런던아이로 돌아와 영국 국회의사당으로 가는 계획을 세웠다.

런던 아이 London Eye 는 1999년 영국항공 British Airways 이 새로운 천년을 기념하여 건축한 것으로 커다란 자전거 바퀴 모양을 한 회전 관람차인데 높이 135m로 순수 관람용 건축물로는 세계에서 가장 높다. 영국의 관광지에서 가장 유명한 장소 중 하나로 꼽히며, 매년 350만여 명의 관광객이 방문하며 2015년 1월 코카콜라 Coca-Cola 가 런던아이의 스폰서가 되었다.

바퀴에 32개의 관람용 캡슐이 설치되어 있고 바퀴가 회전하면서 다양한 방향에서 런던 시내를 관람할 수 있다. 1개의 캡슐에는 총 25명이 탑승 가능하고 한 바퀴 회전하는 데 약 30분이 소요된다. 런던아이를 중심으로 반경 40㎞ 이내의 도시 모습을 관람할 수 있는데 연예·오락이나 결혼식과 같은 다양한 행사를 위한 독특한 장소로서 역할을 하기도 한다.

이곳에 들어가기 위해 줄이 길게 늘어서 있었는데 런던아이 입구 바로 오른편에 유람선 선착장이 있었다.

템즈강 유람선

유람선 타는 곳 입구 매표소에서 승선권을 받아 3번 탑승구에서 기다렸다. 선착장으로 들어가서 5분쯤 기다리자 강 맞은편에서 유람선이 들어오고 우리 부부는 승선하였다. 이미 사람들로 꽉 차 있었다. 여기서부터 문제가 발생했다.

배가 런던탑까지 갔는데 대부분의 사람들이 내리고 몇 사람이 남아 있었다. 지도에는 런던탑까지 가는 것으로 되어 있지만, 코스가 늘어난 것으로 생각했다. 그래서 여자 승무원에게 표를 보여주면서 이 배가 돌아오느냐고 물었다. 승무원도 그렇다고 대답했다. 그런데 배가 계속 템즈강 하구로 내려가고 있었다. 런던 시내가 보이지 않고 약 30분 정도 더 내려간 것 같았다.

　이 배가 런던아이에서 런던탑까지 가는 배가 아니라 하구까지 계속 내려가는데 내가 가진 티켓으로는 런던탑에서 내려야 했지만, 여자 승무원은 내 표를 자세히 보지 않고 그냥 계속 가면 된다고 말한 것이다. 배는 두 곳을 더 들러서 승객을 승하선시킨 다음에야 유턴하여 런던탑에 도착하기 전 어느 곳에 정박하며 모두 내리라고 했다. 그리고 다른 배로 옮겨 타라고 하여 옮겨 타면서 런던탑을 경유하는지를 물어보니 런던탑까지 운행된다고 하여 타고 가서 런던탑에 내렸다.

　템즈강에는 유람선을 운영하는 회사가 많은데 내가 가진 표의 유람선은 오전 10시부터 오후 7시까지 운항하고 15분 간격으로 다니는 배었으며 표는 48시간 동안 유효했다. 우리 부부는 오늘이 일요일이므로 템즈강 유람선을 타고 나서, 세인트 판크라스역 부근에 있는 한인교회 오후 2시 주일 예배에 참석하기로 되어있었다. 그런데 1시간 30분을 템즈강에서 지체하여 예배에 참석할 수 없었다. 예배에 참석하기 위해 인터넷에서 그 교회의 주보까지 출력해 왔는데, 오늘의 실수를 두 번 다시 되풀이하지 않겠다고 다짐했다.

🚗 국회의사당(Houses Parliament)

영국 국회의사당

런던탑에서 다시 그랜드투어 버스를 타고 웨스트민스터 다리 Westminster Bridge 중간 지점에 내렸는데 영국 국회의사당을 제대로 볼 수 있는 곳이기 때문이다. 다리를 건너면서 이상하게 생긴 자동차가 한꺼번에 두 대가 나타나서 사진을 찍었다.

(위) 웨스트민스터 다리를 지나는 '런던 덕 투어'의 수륙양용 자동차이다. 런던 시내 관광과 템즈강 투어를 동시에 즐길 수 있는 '런던 오리 투어'

(아래) 웨스트민스터 다리를 지나는 HUMMER 자동차로 길이는 11m, 결혼식 등 특별한 행사에 임대하여 사용한다. 정면에 보이는 건물이 웨스트민스터 지하철역이다.

영국의 국회의사당은 버킹엄궁전이 지어지기 전까진 영국의 왕족들이 지내던 궁전 건물이었다. 하지만 버킹엄이 지어지고, 왕족들이 거기로 이주한 뒤로는 영국의 국회의원들이 상주해 있다. 본래 이름은 웨스트민스터 궁전인데 1834년에 화재로 대부분이 불에 타 12년간의 공사로 재건축하였다. 전체 길이가 300m이며 1,100개의 방이 있는 넓은 건물이다.

관광지를 순찰하는 기마 경찰

　영국국회의사당을 보면서 이해되지 않는 것이 있다. 상원의원은 성직자, 귀족, 세습의원이 있는데 영국의 역사적 환경을 고려한다고 해도 이해가 되지 않고, 이번에 국회의사당 건물을 보고 의문이 든 것은 이렇게 큰 건물에 영국국회가 회의하는 것을 보면 옆 사람과 몸이 닿을 것 같이 따닥따닥 붙어서 회의를 한다.

　우리나라의 국회의사당과는 전혀 다른 모습이다.

빅 벤 Big ben

영국 국회의사당 건물에 붙어있는 96m나 되는 크고 아름다운 탑에 세계에서 가장 유명한 종인 빅 벤이 달려 있고, 3만 3,000㎡에 이르는 넓은 부지 위에 세워져 있다.

국회의사당 정면에서 볼 때 왼쪽에 있는 탑은 빅토리아 타워이고, 오른쪽 탑에 빅 벤이 매달려 있는데 2012년에 엘리자베스 타워로 개칭했다. 빅 벤은 시계탑에 딸린 큰 종에 대한 별칭이다. 시계탑의 정식 명칭은 엘리자베스 타워 Elizabeth Tower 이지만 흔히 종뿐만 아니라 시계탑 자체도 빅 벤이라고 부른다. 시계탑의 4면에는 세계에서 가장 큰 자명종 시계가 달려 있다. 1834년 10월 16일 옛 웨스트민스터 궁전이 화재로 소실된 뒤 새로운 의사당의 건축을 책임지게 된 찰스 배리는 시계탑을 설계에 집어넣었다. 찰스 배리는 신 고딕주의 양식에 따라 건물들을 설계하였으며, 시계탑의 디자인은 고딕 양식의 건축에 크게 기여한 오거스드 푸긴에게 맡겼는데 푸긴은 고딕 상식 탑과 시계를 디자인하였다. 시계의 눈금은 금도금하였고, 테두리에 라틴어로 '오 주여, 우리의 여왕 빅토리아 1세를 보호하소서'라는 글씨를 달았다.

내 아내가 화장실에 갔는데, 유로화를 받지 않아 가게에 들러 유로화를 영국 파운드로 바꾸어 다녀오다 보니 시간이 많이 지체되었다며 늦게 나타났다. 아내를 기다리는 동안 지나가는 사람, 차량을 구경하는데 15분마다 울리는 빅벤의 종소리가 들렸다. 좀 둔탁한 굵은 종소리가 울린다. 빅벤의 종소리라고 특별히 맑다거나 그렇지는 않았다. 종의 크기가 크다 보니 묵직한 소리가 났다.

빅 벤이 2017.8.21. 정오 마지막 종을 울리고 수리를 위해 2021년까지 4년간 침묵에 들어간다는 8월 22일자 신문 기사를 보았다. 2,900만 파운드 424억원를 들여 수리에 들어가는 빅 벤은 859년 건립된 13톤 무게의 종으로 정각과 15분마다 울려 시간을 알렸는데 시계와 유리, 탑 자체의 엘리베이터 설치를 위해 수리에 들어간다. 빅벤 수리를 위해 종을 울리지 않도록 한 의회의 결정은 작업자들의 청각을 보호하기 위해서라고 한다. 이 조치에 대해 많은 정치인들은 2차 세계대전 때 독일 공군도 멈추게 하지 못한 종소리를 의회에서 멈추기로 결정했다고 반발하고 있다. 2007년 수리를 위해 6주간 멈추는 등 몇 차례 침묵은 있었지만, 장기간 멈추게 한 적은 없었다. 완전히 침묵하는 것보다 특별한 기념일에 타종하는 등 보완책이 있을 것 같다.

직장인 휴가를 이용한 서유럽 자동차 여행

웨스트민스터 사원
Westminster Abbey

국회의사당 건물 바로 뒷편 ^{서쪽}에는 유명한 웨스트민스터 사원이 있다. 웨스트민스터 사원은 영국의 대표적인 고딕 건축물인데, 성공회를 믿는 종교적인 문제로 영국의 건축 양식은 고딕을 선호했고, 돔을 올리는 르네상스식을 카톨릭적이라고 해서 선호하질 않았다.

서쪽으로는 웨스트민스터 궁전 ^{영국 국회의사당} 과 인접해 있다. 전통적으로 이곳은 왕의 대관식 등 왕실 행사를 거행하거나 매장터로 이용하는 곳이다. 부근에 있는 웨스트민스터 대성당 Westminster Cathedral 은 로마 가톨릭교회 소속으로 이곳 사원과는 전혀 별개의 것으로 나는 이곳에 올 때까지도 웨스트민스터 대성당이 있는 것은 몰랐다.

1066년 해럴드 2세와 윌리엄 1세 두 왕들의 대관식 이후로 모든 잉글랜드 와 영국의 군주들 대관식을 거행하지 않은 에드워드 5세와 에드워드 8세 제외 은 웨스트민 스터 대성당에서 왕위에 올랐다. 헨리 3세는 프랑스의 왕자 루이가 런던을 장악했기 때문에 런던에서 대관식을 치를 수 없었다. 그래서 글로스터 대성 당에서 대관식을 거행하였는데, 교황은 이를 부적절하다고 생각하였다. 그 리하여 나중에 1220년 5월 17일에 웨스트민스터 대성당에서 대관식을 다시 한 번 거행하였다.

세인트 마거릿 교회 Church of St Margaret 는 잉글랜드 런던에 있는 잉글랜드 성공회 교회이다. 웨스트민스터 대성당과 같은 부지 내에 있으며, 영국 의 회의 회의장인 웨스트민스터 궁전의 교구 교회이다. 빅벤의 길 건너편은 팔 리아멘트 스퀘어 가든 Parliament Square Garden 에는 윈스트 처칠의 동상 Statue of Winston Churchill 이 서있다.

빅벤(좌측 종탑), 웨스트민스터 사원(우측 큰 건물), 세인트 마거릿교회(중간의 작은 건물)

버킹엄 궁전 Buckingham Palace

　세인트 마거릿 교회, 웨스트민스터 교회 앞을 지나 빅토리아 거리로 들어가서 버킹엄 방향으로 가면 각국의 국기가 걸려있는 건물들이 나타난다. 각국의 대사관이 있는 건물들이다. 그 중에는 태극기가 걸려있는 우리나라 대사관도 보였다.

　빅벤에서부터 구글지도를 켜서 버킹엄을 찾는데 1.6km로 20분가량 걸리는서리나. 수위에 사람늘이 몇 명씩 걸어가고 있는 것을 보니 버킹엄 궁전으로가는 사람들인 것 같다. 조금 더 걸어가니 버킹엄 궁전이 나타났다. 웅장한큰 건물이었으나 생각했던 것보다는 조금 소박해 보였다.

많은 사람들로 궁전 앞 광장이 복잡했다. 사진을 찍는 사람들이 워낙 많아 우리 부부는 힘들게 사진을 찍었다. 버킹엄 궁전은 영국 군주의 공식적인 사무실 및 주거지로 쓰이고 있기 때문에 현재 영국 왕실의 대명사이기도 하다. 2만m²의 호수를 포함해 약 17만m²에 이르는 대정원, 그리고 무도회장, 음악당, 미술관, 접견실과 도서관 등이 들어서 있다. 버킹엄궁전의 방 수는 스위트 룸 19개, 손님용 침실 52개, 스태프용 침실 188개, 사무실 92개, 욕실 78개이다. 궁전에 근무하는 사람의 수는 약 450명, 연간 초대객은 4만 명이나 된다고 한다. 왕족들을 보필하는 시종 50명은 같은 궁에 머물며, 다른 시종들은 왕실 마구간인 로열 뮤스에 기거한다. 더불어 궁전의 내외 호위를 담당하는 왕실 근위병 교대식은 볼거리로 매우 유명한데, 시간이 지나서 볼 수 없었다.

버킹엄궁의 역사는 1703년 버킹엄 공작 존 셰필드가 뽕나무밭을 구입하여 버킹엄 하우스 Buckingham House 를 지으면서 시작된다. 처음엔 보잘것없는 벽돌로 지은 저택에 불과하였으나 1761년 조지 3세가 자신의 왕비 샤를로트를 위해 이 저택을 구입한 이후 왕궁으로 사용되고 있다. 이어 왕위에 오른 조지 4세는 건축가 존 내시의 충고에 따라, 벽돌집이었던 버킹엄 하우스를 바스산 석재로 장식하여 외관을 바꾸고 정문을 설치하면서, 버킹엄궁전은 네오클래식 양식의 궁전으로 다시 태어났다.

1837년 빅토리아 여왕이 등극하자 바로 이 궁전에 거처를 정하였고 1913년 발코니가 들어섰는데 이 발코니가 국경일이 되면 왕실 가족이 나와 국민에게 손을 흔들어 보이는 곳이다. 왕이 궁전에 있을 때에는 궁전 정면에 왕실기가 게양된다.

현재 버킹엄궁은 7~9월에 일반인 입장이 가능하다. 입장료는 윈저 성을 복원하는 비용을 충당하기 위한 기금으로 사용된다. 영국의 명물이자 중요한 관광 이벤트인 근위병 교대식은 4월에서 7월까지는 매일 1회, 나머지 철에는 2일에 한 번씩 오전 11시 혹은 11시 30분에 열린다.

빅토리아 여왕 기념물(Victoria Memorial)

 빅토리아 여왕 기념물은 버킹엄 궁전 앞에 위치하고 있으며, 1901년에 빅
토리아 여왕의 죽음을 기념하는 광대한 중앙 기념물이 만들어졌다. 이 기념
물은 높이 25m이며 2,300톤의 흰색 카라라 대리석을 사용하였다. 빅토리아
뿐만 아니라 용기, 불변성, 승리, 자선, 진실, 모성을 상징하는 동상이다. 빅
토리아 여왕이 가운데 앉아 있고 머리 위에 승리의 여신 니케가 있다.

영국을 '해가 지지 않는 제국'으로 이끌었던 사람이 빅토리아 여왕이다. 그
녀는 1837년에 즉위하고, 1901년 1월 22일 만 81세의 나이로 병사할 때까
지 64년간 재임했다.

이 기간 동안 크리미아전쟁과 아편전쟁에서 승리를 거뒀고, 세포이 반란도
무난히 진압했으며, 산업혁명으로 경제 발전을 이루고 참정권 확대와 국민교
육의 보급 등 영국을 최고 번영기로 이끌었다. 이 때문에 후세의 역사가들은
그녀의 통치 기간을 '빅토리아 시대'라고 부르며 역사적으로 중요한 시대로 평
가하고 있다.

궁전을 구경하고 버스 타는 곳을 몰라 사람들이 많이 몰려가는 곳으로 가
보니 세인트 판크라스역으로 가는 버스가 있었다. 유로스타를 타고 파리로
가기 위해 오전에 왔던 세인트 판크라스역에 내렸다. 시간이 좀 남아 있어서
이곳저곳을 다녔다. 이 역에서 제일 마음에 드는 곳이 화장실이다. 물론 무
료화장실이다. 화장실 안은 넓고 깨끗하였으며 화장지도 준비되어 있었다.

🚗 대합실에 있는 피아노

1층 대합실에는 업라이트 피아노 upright piano 가정용 피아노가 준비되어 있
었다. '누구든지 연주할 수 있다'는 글이 쓰여져 있어서 지나가는 사람들이
가끔씩 연주를 하였다. 내 아내가 나에게도 연주해 보라고 권하였다. 마음
으로는 연주하고 싶었으나 사람들의 시선을 끌기 싫어서 포기했다. 어떤 사
람이 귀에 익은 피아노 협주곡을 연주하는데, 주위에 많은 사람들이 몰려들
었다. 피아노를 전공한 사람임에 틀림없다.

　지금 생각해 보니, 나도 '고향의 봄'을 연주하여 한국 사람을 불러 모았거나, 외국사람이 잘 부르는 '어메이징 그레이스' 혹은 영화 타이타닉에서 현악 4중주로 사람들에게 잘 알려진 'Nearer My God to Thee'를 연주해 보았으면 좋으련만 기회를 놓쳤다.

　열차를 기다리는 사람들이 자유롭게 연주하도록 피아노를 둔 것은 좋은 생각이지만, 업라이트 피아노 upright piano 보다 그랜드 피아노 grand piano 를 두었으면 세인트 판크라스역의 고전적 이미지와 맞아 떨어졌을 것인데 조금 아쉬움이 든다. 그랜드 피아노를 두지 않은 것은 공산을 낳이 차시아기 배문일 것이다. 엘리베이터를 이용해서 2층으로 올라갔다. 그곳에는 두 사람의 남녀가 포옹으로 이별의 슬픔을 나누는 동상이 있다. 두 사람의 모습이 너무 슬

퍼보였다. 전쟁에 참가하기 위해 입대하는 사람을 보내는 모습인지, 아니면 만남의 기약을 할 수 없는 또 다른 이별인지 모르겠지만 이별의 감정을 충분히 나타내고 있었다.

아직 시간이 남아서 세인트 판크라스역과 길 하나 건너에 있는 1852년에 개업한 킹스 크로스역 King's Cross 에 갔다. 해리 포터와 그 친구들이 호그와트 급행열차를 탄 곳이기도 하다. 2층으로 올라가서 1층을 내려다볼 수 있도록 가운데가 뻥 뚫려 있었고 의자가 빙 둘러 있었다. 의자에 앉아서 지나가는 사람들을 구경했다. 해리포터를 촬영한 역이라는 것 빼고는 규모는 크지만, 특별히 다른 역과 차별되는 점은 없었다. 이제 탑승수속 시간이 다 되어가므로 세인트 판크라스역으로 갔다.

영국 출국심사와 프랑스 입국심사를 거쳐 유로스타에 탑승하였다. 오전에 같이 출발한 사람들이 주위에 보였다. 여러 가지 신경 쓰고, 걷고 해서 몸이 피곤하여 타자마자 바로 잠들었다. 오후 8시 출발, 오후 11시 30분 파리 북역에 도착하였으니 파리는 한 시간 빠르므로 2시간 30이 소요된 셈이다. 늦은 밤이지만 북역은 많은 사람들로 붐볐다. 파리의 밤 공기를 마시며 숙소에 걸어서 갔다. 밤 12시가 다 되어가는 늦은 시간이지만 저녁을 먹고 잠자리에 들었다.

북역에서 렌트카 인수

2017.6.5. 오늘은 집을 떠나온 지 5일째 되는 날이다. 아침을 호텔 식당에서 빵과 우유로 해결하고 체크아웃을 하여 3일 숙박비로 464,200원을 지불하였으며 예약한 신용카드로 자동 결제됨, 스위스로 가기 위해 북역 지하 에 위치한 Hertz 렌트카 사무실로 갔다.

사무실에 여러 렌트카 회사가 모여 있었다. 국내에서 렌트카를 예약하고 선납하였지만, 여권과 예약증, 국제면허증, 국내면허증, 예약할 때 사용한 신용카드를 제시하였다. 신용카드는 렌트카 이용자의 귀책사유로 차량 반납시 추가 비용이 발생할 경우를 대비하여 신용카드로 일정 금액을 추가로 설정해 두는 제도 때문이며, 차량 반납할 때 추가요금 발생 요인이 없으면, 추가 설정된 금액이 해제된다. 반드시 예약한 본인의 신용카드로 성명 부분이 요철로 되어있어야 한다.

여직원이 뭐라고 말하는데 무슨 말인지 알아들을 수 없었다. 무슨 말인지 모르겠다고 하자 아우디 차량의 마크인 동그라미를 네 개를 그렸다. 여직원의 말이 사랑을 아우니도 하셨느냐는 말이었나. 본래 예약한 요금과 같은지를 물으니 금액이 상향된다고 하여, 선택하지 않았다. 영업차원에서 물어보는것 같았다 자동차 보험은 걱정하지 않아도 된다. Hertz 경우를 보면, 국내 에이전시를 통해 예약하면 추가보험 슈퍼커버와 개인 상해보험 을 미리 예약해주므로 신경 쓰지 않아도 된다. 차량 연료는 인수시 가득 채워주므로 반납할 때에도 연료를 가득 채워주어야 한다. 그러므로 반납시에 모자라는 연료를 채워주는 것이 경제적이지만 연료에 대한 신경을 쓰지 않으려면 FPO 연료 선구매 옵션 에 가입하면 된다. 연료 잔량에 관계없이 차량을 그대로 반납하면 되기 때문이다. 물론 보험료가 조금 더 비싸지만 신경 쓰는 것에 비하면 아무것도 아니다. 일반적인 사고가 발생하였을 경우 응급지원 서비스도 받을 수 있다. 그리고 긴급지원서비스가 있는데 자신의 부주의로 인해 긴급하게 서비스를 받아야 할 필요가 있을 경우인데, 차량 펑크시 바퀴 교체나 차량에 열쇠가 꽂힌 채 문이 잠긴 경우 등이 해당된다.

프랑스 북역 HERTZ 렌트카 수령을 위해 기다리면서

차량 렌트 기간은 5일부터 9일까지 5일간이며, 비용은 340EUR, 차량 등급은 Compact Auto, 보험은 4종보험 자차보험+차량도난보험+상해/휴대품보험+수퍼커버리지 으로 예약하였고, 비용은 선납하였다. 차량 비용 선납 제도를 이용하면 렌트비가 저렴하다.

지하 주차장으로 내려가기 위해 엘리베이터를 타고, 지하층 숫자를 눌렀는데 아무리 눌러도 선택이 되지 않았다. 당황하여 계속 누르는데, 지나가던 렌트카 회사의 직원이 내가 가지고 있던 주차권을 엘리베이터 안에 있는 카드 주입구에 넣으라고 한다. 차량 열쇠를 받을 때 함께 받은 주차권을 넣고 엘리베이터 층수 숫자를 누르니 해당 층수의 숫자에 불이 들어왔다.

우리나라는 건물에 들어가면 엘리베이터를 마음대로 작동할 수 있는데 프랑스에서는 주차권이 없으면 엘리베이터를 탈 수 없도록 되어 있었다. 해당 지하층으로 내려가니 해당 주차 번호에 있는 차량을 발견하였다. 딱 봐도 SUV 차량으로 아주 커 보였다. 높이가 아주 높다는 말이 더 정확할 것 같다. 차량 이름도 처음 보는 차였다. 보통 렌트하면 벤츠나 도요타 등 내 귀에 익은 외국차량을 준다고 하는데 이 차는 국내에 와서야 차의 정체를 알았다. '시트로엥 C4 피카소'라는 프랑스에서 생산되는 차로 오토 auto , 디젤엔진을 사용한다.

핸들 우측 위쪽에(1시 방향) 기어박스가 있다.
〈P-R-N-D-M〉

렌트카(시트로엥 C4 피카소)와 파리에서 콜마르로 가는 고속도로의 간이 휴게소

　트렁크가 아주 넓어서 대형가방 2개와 기내용 가방 2개를 트렁크에 실었다. 차량 문 개폐는 우리 차와 같이 버튼식으로 되어 있어서 생소하지 않았지만, 문을 열고 들어가자 SUV 차량을 소유한 적이 없었기 때문에 처음 보는 것이 많아 생소하였다.

　먼저 국내에서 준비한 유럽형 가민 네비게이션을 장착하고 시동을 걸려고 보니 왼쪽 발밑의 주차브레이크와 오른편에 있어야 할 기어박스가 없었다. 아내가 렌트카 사무실로 가서 직원을 데리고 왔다. 자동 기어는 핸들 우측 위쪽에 있었다. 조금 전까지 보이지 않았는데….

　그리고 주차브레이크는 차량 오디오시스템 밑에 버튼식으로 붙어 있었다. 앞으로 당기면 풀리고, 누르면 브레이크가 걸리도록 되어 있었다. 몇 번을 연습하는데 기어박스가 윈도우 브러쉬 위쪽에 있으므로 자꾸만 윈도우 브러쉬를 건들게 되어 불편하였다. 이러한 불편은 차량을 렌트한 5일간 내내 지속되었다. 그리고 차량의 운전대 아래에는 계기판이 없고, 오디오 및 에어컨 작동장치 위에 운전 계기판이 있었다. 이런 차는 내 평생에 처음 보았다. 계기판이 차량 중앙에 있어서 아주 불편할 것으로 생각되던 이러한 배열은 나중에 익숙해지자 전혀 불편함을 느끼지 못하였고, 오히려 운전대 앞에 있는 것보다 보기에 편하다는 느낌이 들었다.

시동을 걸고 준비한 네비게이션을 켜서 텐트를 사기 위해 인근 데카트론 좌표를 입력하였다. 좌표는 국내에 있을 때 미리 확인해두었기 때문에 쉽게 입력할 수 있었다. 네비가 길을 잘 찾아갈 수 있을까? 기대 반 걱정 반으로 출발하였다.

차량이 출발하자 바로 네비가 작동하였다. 지하 주차장에서 나와서 시내를 주행하기 시작했다. 목적지인 데카트론은 40km 정도 거리로 1시간 이상이 걸릴 것으로 예상되었다. 신호등이 횡단보도 우측에 붙어 있었고 중앙선이 흰색으로 되어 있으며, 버스전용차선도 나타났다. 출발에 큰 어려움은 없었다. 낯선 곳에서의 운전은 기대와 두려움이 교차하였지만 자동차는 잘 가고 있었다.

파리 북역 ▶ (테카트론) ▶ 콜마르

좌우 방향을 바꿀 때도 좌우 신호등이 표시하는 대로 가면 된다. 우리나라에서 운전하는 것보다 더 어렵지는 않았다. 다만, 전혀 길을 모르는 외국의, 그것도 파리 중심가를 자동차로 운전한다는 것은 신경써야 할 부분이 많다. 내 아내는 장롱 면허증으로 한 번도 운전해 본 적이 없어서 운전하는 데 조력을 받을 처지가 아닌 만큼 나 혼자 운전에 집중해야 한다. 얼마 가지 않아 작은 로터리가 나타났다. 먼저 들어간 차가 빠져나갈 때까지 기다렸다가 진입하여야 한다.

네비게이션이 우리나라 말로 우회전, 좌회전을 말해주고, 로터리를 들어갈 때는 미리 '0번 출구로 나가라'는 안내가 나오므로 운전하기가 수월하였다. 고속도로에서 1차선으로 추월할 때 좌측 방향지시등을 켜고, 추월 후 2차선으로 다시 들어갈 때 방향지시등 변경 없이 그대로 들어간다고 쓴 체험담을 읽고 갔으나 실제 보니 많은 사람들이 우리나라와 마찬가지로 1차선 추월차선 진입시 좌측 방향지시등을, 다시 2차선 주행차선으로 진입시 우측 방향지시등을 켜고 진행하였다. 그래서 나도 우리나라에서와같이 방향지시등을 바꾸면서 추월차선을 넘나들었다.

드디어 데카트론에 도착하였다. 이곳은 수백 대의 차량을 주차할 수 있는 아주 큰 매장으로, 주차장은 무료로 사용할 수 있었다. 매장 안에 들어서자 1층에 텐트를 펼쳐서 그대로 전시하고 있었다. 원 터치로 자동으로 펼쳐지는 텐트를 사려고 했는데 너무 커서 국내로 가져갈 수 없다는 판단이 들어 조금 작은 2인용 텐트를 구입하였다.

종업원에게 물어보니 방수도 된다고 하여 35유로에 구입하였다. 그리고 그 건물에서 200m 떨어진 곳에 있는 까르푸 Carrefour 에 가서 음료수와 캠핑장용 3구 플러그를 16.4유로에 구입하였다. 3구 플러그는 한국에서는 구입할 수 없었다. 캠핑장 콘센트는 구멍이 3개로 캠핑카용 플러그를 구입하지 않으면 전열 기구를 사용할 수 없다.

스위스 캠핑장에서 2박을 할 예정으로 가스는 사용하지 않고, 전기만을 사용하기로 하였다. 까르푸는 우리나라의 할인매장인 마트와 같은 곳으로 규모가 엄청나게 컸다. 점심은 까르푸에서 간단하게 준비하여 차에서 운전하면서 해결하였다.

(위) 프랑스의 한적한 마을(고속도로 진입하기 전)
(아래) 프랑스 고속도로에서 바라본 들판의 아름다운 모습

    네비게이션에 콜마르 좌표를 입력하고 출발했다. 콜마르 Colmar 는 프랑스 동부 일자스 지역의 도시로, 314km를 쉬지 않고 길 경우 6시간 정도 소요되는 거리이다. 프랑스는 산이 보이지 않았다. 차창 밖으로 계속되는 푸른 평원이 우리들을 반겨준다. 사실 프랑스는 국도를 따라가면 좋은데 시간이 너

무 많이 소요되어 이용할 수 없었다. 두 군데의 고속도로 휴게소를 들렀다.

고속도로 휴게소는 두 종류가 있는데, 매점과 주유소와 화장실이 있는 곳과 화장실만 있는 곳이 있다. 화장실은 모두 무료이며 아주 깨끗하였다. 프랑스 고속도로의 자동차 최고 속도는 시속 130㎞이다. 공사 현장 등 사정에 따라 속도가 변동되지만 보통은 130㎞이다.

지방도로는 90㎞, 도시는 50㎞이다. 표지판 맨 위의 지명이 제일 먼 곳에 있는 지명이다. 그리고 프랑스에서 콜마르로 가는 동안 간이 휴게소가 아주 많이 눈에 띄었다. 내가 운전하는 렌트카는 디젤 차량으로 승용차를 운전하는 것보다 속도가 덜 나갔다.

제대로 된 방향으로 가고 있는 것일까? 도로 표지판에 낭시가 나오는 것으로 보아 콜마르 방향으로 가고 있는 것이 확실하다. 우리나라 고속도로보다 차량은 적었다. 가능한 앞지르기를 하지 않고 주행하였고, 필요할 경우 잽싸게 1차선으로 들어갔다가 빠져나왔다.

국내에서 운전하는 것보다 특별히 어려운 것은 없었다. 표지판에 최고속도 130킬로 속도가 수시로 하향 조정되어 나타났다. 프랑스 고속도로의 특징은

버스는 보이지 않고 대형 트럭들이 많이 다닌다는 것이다. 파리에서 스위스로 들어갈 때까지 고속도로 통행료를 3번 지불했다.

통행료 지불 시스템은 모두 무인 시스템으로 첫 번째 톨게이트에서는 통행권 넣고, 카드를 넣었는데 결제가 되지 않아 '사람 그림'이 있는 버튼을 누르자 직원이 나타나서 현금으로 계산하였고, 두 번째도 이런저런 사유로 되지 않아 직원을 불렀는데, 뒤에 기다리던 차에서 어떤 여성이 내려서 내 차로 다가왔다. 내가 이리저리 손짓하여 기계작동이 안 된다고 하자 고개를 끄덕이면서 자신의 차로 돌아갔다. 잠시 후 직원이 나와서 해결하였다. 마지막 세 번째 톨게이트가 보이자 스트레스가 최고조에 달했는데, 다행히 카드로 계산에 성공하였다. 한 가지 신기한 것은 뒤에 서있는 차들이 모두 조용히 기다리고 있다는 것이다. 클랙션을 울리거나 고개를 차창으로 빼내고 소리를 지른다거나 하지 않고 모두 조용히 기다려 주었다. 고속도로를 더 달리자, 휴게소가 보여 주유를 하기 위해 들어갔는데 외국에서 처음 주유를 하는 것이기에 설레임과 두려움이 교차하였다.

주유기 옆에 주차하고, 연료를 선택해
야 하는데 내 차의 열쇠에 디젤 Diesel 이
라고 적혀 있었다. 그런데 주유기의 손
잡이가 초록색인 것은 분명 휘발유인데
노란색 손잡이가 디젤이 아니고 Gazole
이라고 적혀 있었다. 순간 당황하였다.
휘발유가 가솔린 Gasoline 인데…. 스마트
폰으로 검색을 하니 프랑스어로 디젤이
었다. 그래도 불안하여 옆에 주유하는
사람에게 물어보니 gazole이라고 표시된
주유기로 주유하는것이 맞다고 한다.

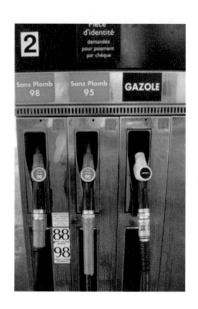

결론적으로 초록색 손잡이는 휘발유 숫자가 적혀 있음, 노란색 손잡이는 디젤
로 생각하면 된다. 주유를 프랑스에서 두 번, 스위스에서 두 번을 하였는데
스위스 두 번 모두와 프랑스에서 한 번은 디젤이라고 쓰여 있었다. 디젤 자
동차에 휘발유를 넣으면 보험처리도 되지 않으므로 처음 주유시 유종을 확
인하느라 엄청난 에너지를 소모하였다. 기름을 가득 채우고 사무실로 들어
가서 주유기 번호를 말하자 신용카드로 결제해주었다.

또 다른 곳에서 주유하였을 때에는 무인 주유기로 카드를 먼저 넣고 비밀
번호를 누른 다음 기름을 넣으면 영수증이 출력되어 나오는 형태였다. 처음
주유할 때 말고는 주유가 모두 잘 되었다. 귀국하여 주유하면서 자세히 보니
우리나라는 유럽과 반대로 노란색 손잡이가 휘발유고, 파란색 손잡이가 경
유였다.

동화의 마을 콜마르
Colmar

스위스로 넘어가면서 콜마르에 들르기로 한 것은 알자스 지방의 대표적인 도시가 콜마르이기 때문이다. 도시의 건물들이 동화에 나오는 것과 같이 형형색색으로 장식되어 동화마을이라고 불리고 있다. 콜마르는 보주 산맥 동쪽 기슭 위쪽 알자스 평원 서쪽 끝에 위치하며 스트라스부르 Strasbourg 남서쪽으로 약 64km 거리에 있다. 고등학교 다닐 때, 국어책에서 알자스 지역을 소개한 수필이 생각난다.

콜마르는 알자스 지역에서 세 번째 큰 도시인데 수도 스트라스부르가 제일 크고 다음은 뮐루즈 mulhouse 이다. 스위스에서 파리도 돌아올 때 고속도로 이정표에서 제일 많이 본 지명이 파리와 뮐루즈였다. 아프리카에서 활동한 슈바이처 박사의 고향이 콜마르에서 4㎞ 떨어진 카이제르즈베르이다. 어릴 때 위인전에서 슈바이처를 몇 번이나 읽었는데 목사의 아들로 태어나 철학, 신학, 음악, 의학박사 등 4개의 박사학위를 가졌으며, 자신도 목사가 되어 아프리카에서 박애정신을 실천하여 노벨평화상을 수상하였다. 내가 어릴 때 가장 존경했던 사람이 슈바이처인데 시간이 있으면 슈바이처의 고향에 들러 슈바이처 박물관도 봤으면 좋겠지만, 지금은 그렇게 할 수 없어서 아쉽다.

콜마르는 제1차 세계대전이 끝날 때까지 1871~1919년 는 독일령이었다. 제2차 세계대전 당시 연합군과 독일군 사이에 치열했던 콜마르전투 1946년 결과 알자스 지방은 다시 프랑스 땅이 되었다.

알자스 지방은 포주산지로 유명한데 오래전부터 이곳은 포도주가 유명했으며 콜마르는 포도주를 거래하는 중심적인 역할을 했던 곳이다. 시내에는 로슈 Lauch 강이 흐르는데 작은 운하로 만들어져 오래전부터 운송로로 사용되었다. 근래 들어 운하주변은 관광지로 변모되었으며 수로가 이탈리아의 베니스와 많이 닮았다고 하여 '작은 베니스'로 불리기도 한다. 또한 이곳의 구 도시는 미야자키 하야오가 제작한 애니메이션 〈하울의 움직이는 성〉의 배경이 되기도 하였고, 옛날 교과서에 실린 알퐁스 도데의 『마지막 수업』의 배경이기도 하다.

콜마르로 가면서 시간이 되면 스트라스부르를 구경할 예정이었는데 스트라스부르는 늦은 관계로 지나치고 30분 정도 더 달려, 오후 7시경 콜마르에 도착하였다. 콜마르는 스트라스부르의 축소판이라고 할 정도로 도시가 비슷하다고 한다.

네비게이션으로 무료주차장을 검색하여 주차했다. 야외 주차장인데 규모가 크다. 주차를 하고 보니 맞은 편 주위에 인상이 좋지 않은 청년들이 어슬렁거리는 것을 보고, 차 안에 있는 것을 도둑맞을지 모르겠다는 생각이 들어 다시 도시 중심부로 차를 타고 들어갔다. 몽따니으누와흐 광장에 주차하였는데 주차시간 최대 15분으로 적혀 있었으나 저녁 7시부터 다음 날 아침까지는 무료로 주차할 수 있다고 적혀 있어서 그곳에 주차하였다.

주차 시간 표시는 독일어로 표시되어 있는데, 최대시간, 시간별 요금, 야간 및 휴일에 관한 내용 등이 적혀 있는데 국내에서 표지판 읽는 것을 연습하였다. 바로 옆에 있는 로슈강이 흐르는 쁘띠 베니스로 갔다. 이곳은 오후 9가 넘어야 해가 지므로 아직도 날이 밝았다.

(위) 동화에 나오는 것 같은 건물 / (아래) 로슈강(작은 베니스)

직장인 휴가를 이용한 서유럽 자동차 여행

로젤만 분수(fontaine roesselmann)

주차장 바로 옆 로슈강 다리에서 사진을 찍는 것이 좋다고 하여 그곳에서 사진을 찍었다. 강 우측에 보이는 호텔이 호스텔르리 르 마레샬 Hostellerie Le Marechal 로 4성급 호텔인데 빈방이 없어서 호텔 안에서 기념사진만 찍었다. 콜마르에서 중심부에 있는 호텔에 숙박하기로 하고 몇 군데 호텔을 알아보니 빈방이 없었다. 할 수 없이 도심부에서 조금 떨어진 곳에 있는 호텔을 찾아 하루를 묵었다. 별 2개 정도 되는 것 같은데 호텔 이름은 기억나지 않는다.

렌트카는 호텔 앞의 공용주차장에 오전 9시까지는 무료주차할 수 있었으며 자동차 안의 네비게이션은 떼어내어 밖에서 보이지 않게 했다. 이 호텔에서도 전기밥솥으로 저녁을 준비하여 먹었으며, 숙박비로 한화 71,800원을 카드로 지불하였다. 스위스는 호텔이 보통 20만 원이 넘는데, 이곳은 좋은 호텔이 아니라서 적은 금액으로 이용할 수 있었다. 주차장 옆의 로젤만 분수도 볼 수 있었는데 이 분수는 1888년 쟝 로젤만 신부를 본떠 만들었다고 한다.

스위스 *Switzerland*

스위스

- **국명** : 스위스 연방공화국(Switzerland)
- **행정구역** : 26개 주로 구성(지방자치제)
- **수도** : 베른(Bern)
- **언어** : 독일어(70%), 프랑스어(20%), 이탈리아어(9%), 로망슈어
- **화폐** : 스위스 프랑(CHF)
- **인구** : 817만 명(2016년)
- **면적** : 41,200㎢ (한반도 1/5), 호수 1,484개, 빙하 140개
- **종교** : 대다수는 기독교 73.3%(카톨릭 38%, 개신교 35.3%), 이슬람교 5%
- **정치** : 내각책임제, 연방공화국(7명의 각료가 1년씩 대통령 취임)
  연방 의회에는 200명의 대표자로 구성된 국가 의회(National Council)
  와 주를 대표하는 주 의회(Council of States)로 구성된 지역대표 의회
  가 있음.
  연방 의회는 7명으로 이루어진 주 대표 단체인 연방 정부를 선출
- **시차** : 한국보다 8시간 늦음(Summer Time 실시 할 경우 7시간)
- **전기** : 스위스 전역에 사용되는 전압은 230볼트(AC),
  대부분의 전원 소켓은 원형 플러그에 3개의 핀으로 되어 있음

· **식수** : 스위스의 수돗물은 안심하고 마실 수 있어 생수를 구입할 필요가 없음
· **기타** : 대한민국 여권소지자는 90일 이내 무비자 입국,
　　　　 2002년 유엔가입, 세금환급
　　　　 (한 가게에서 300 CHF 구입하고 30일 이내 출국 시)

스위스를 향해

2017.6.6, 오늘은 현충일이다. 선조들의 희생이 있었기에 나라가 있고, 나라가 있으므로 이렇게 여행을 다니게 됨을 생각하니 조국에 대한 감사의 마음을 다시 한 번 되새기게 되었다. 내가 공휴일이 있는 날을 이용해 휴가를 잡은 것은 하루라도 휴가를 적게 내기 위함이다. 다시 말하면 사무실을 하루라도 적게 비우기 위함이다.

오늘은 프랑스를 떠나 스위스 뇌샤텔을 거쳐서 인터라겐에 있는 융프라우 캠핑장이 최종 목적지이다.

스위스는 몇 년 전에 그랜드 투어라는 자동차여행 코스를 개발하였는데 스위스가 기차 여행으로 많이 알려져 있었으나, 기 차가 가지 못하는 숨은 비경과 세계문화유산과 아름다운 풍경이 펼쳐지는 루트와 스위스의 하이라이트를 동시에 만끽할 수 있다. 그랜드 투어의 루트 는 고속도로를 최대한 배제하고 풍경을 즐길 수 있는 국도와 작은 도로 위 주로 구성되어 있는데,

꼭 필요한 경우는 고속도로를 이용하기도 한다.

그랜 드 투어의 특징은 12개의 유네스코 세계 문화유산 보호지역과 2개의 습지를 비롯한 최고의 명소 45곳과 호수 22개 루트를 따라 늘어선 호수 중 크기가 0.5㎢ 이상인 호수 가 포함되어있다.

권장 여행 시기는 여름 4월에서 10월 이며 핵심 루트가 1,643km이다. 하루 최 소 5시간 운전할 경우, 최소 7일간의 여행 계획을 세워야 핵심 루트를 모두 둘러볼 수 있는데 일정상 포기하였다. 국경에서 어디로 진입하느냐에 따라 시간이 좀 더 소요될 수도 있다. 얼마만큼 빠르게 또는 여유롭게 움직이는지, 루트 상의 볼거리를 얼마나 많이 볼 것인지 등 여행객의 성향에 따라 총 여행 기간이 더 늘어날 수 있다. 스위스 관광청 홈페이지에 들어가면 여행루트를 따라 가상체험을 할 수 있다. 나도 이곳에 오기 전에 몇 번 체험해 보았다.

스위스는 달력을 통해 아름다운 경치를 많이 접해서인지 평소 가보고 싶은 나라였다. 호수와 산으로 둘러싸인 아름다운 도시와 소설 『알프스 소녀 하이디』의 무대인 스위스. 중학교 다닐 때 음악 시간에 부르던 스위스의 대표적 요들송 〈아름다운 베르네 산골〉의 고향 스위스. 요즘도 이 노래를 가끔씩 부르곤 한다.

나는 어릴 때부터 스위스에 한 번 가보는 것이 꿈이었고, 지금은 한 달 정도 살아봤으면 좋겠다고 생각한다. 내가 약 20년 전에 독일에 사는 여동생 집에 방문하러 왔다가 제네바에 가 본 적이 있었으나 도시만을 보고 왔으므로 큰 감동이 없어서 아직 꿈을 이루지 않은 상태로 다시 스위스를 방문하게 된 것이다.

스위스는 어느 곳을 사진으로 찍어도 달력이 되는 아름다운 곳으로 아주 짧은 기간이지만 이번 여행 코스에 넣었다. 물론, 나이가 들어가다 보니 젊을 때와 같은 스위스에 대한 동경심은 줄어들었지만 없어진 것은 아니다.

스위스에 오기 전 국내에서 스위스 관광청 홈페이지 http://www.myswitzerland. com 에 들어가서 많은 자료들을 확인하였다. 스위스 관광청에 메일로 요청하여 그랜드 투어 관련 책자도 우편으로 받았다. 그 뒤로도 스위스 관광에 관한 자료가 자주 메일로 오고 있다.

스위스는 EU 국가가 아니므로 자체 화폐를 사용하는데, 화폐 단위는 프랑 CHF 으로 지폐는 10, 20, 50, 100, 200, 1,000프랑이 있고, 동전은 1, 2, 5 프랑, 5, 10, 20, 50라펜이다. 1프랑은 100라펜이다.

고속도로를 2시간 정도 달리자 스위스 국경에 들어왔다. 고속도로에 큰 천막 같은 건물 사이로 들어가면서 스위스 국경이라는 것을 알 수 있었는데, 차는 국경을 그대로 지나갔다. 여권을 검사하는 그 어떤 사람도 볼 수 없었다. 사실 스위스는 EU국가가 아니다. 그렇지만 여권검사도 없이 그대로 들어오니 너무 허무했다. 적어도 국경에서는 여권에 입국 도장 하나라도 꽝 찍어주면 좋으련만… 30분을 더 달려 뇌샤텔에 도착했다.

Switzerland

한국 사람들에게
잘 알려지지 않은 뇌샤텔

자동차가 뇌샤텔로 접어들었다. 뇌샤텔은 스위스 뇌샤텔 주의 주도이다. 인구는 32,770명이고, 면적은 18.05km²이다. 주민들은 주로 프랑스어를 사용하며, 주민의 약 2/3가 신교이고 나머지 1/3은 로마 가톨릭이다. 뇌샤텔은 매우 훌륭한 포도주 양조장들을 가지고 있고, 골짜기에는 소를 키우는 목장이 있고 치즈도 만든다. 도로와 철도망은 잘 발달되어 있다.

시내로 들어서자 먼저 주유소를 찾았다. 자동차에 주유를 하고, 주차장 주차 시간을 표시하는 타임 테이블을 구입하고, 무엇보다 스위스는 고속도로 통행료 1년 치 1.1~12.31 를 한꺼번에 납부하는 비넷 vignette 을 구입하기 위해서다. 비넷에 큰 글자로 해당 연도가 찍혀있다. 고속도로를 이용하기 위해 하루를 사용하든지 365일을 사용하든지 비넷을 구입하여 자동차 앞유리에 붙여야 한다. 붙이지 않고 운행하다가 적발되면 벌금이 부과된다. 외국인에게 아주 불리하고, 스위스인에게는 아주 유리한 제도이다.

(위) 우체국과 여객선 터미널
(가운데) 전차와 버스전용 차선이 있는 전형적인 스위스 도시
(아래) 깔끔한 뇌샤텔 거리

비녯은 40CHF 스위스 프랑, 한화로 약 5만 원에 해당하는 금액이다. 비녯을 차 앞유리에 붙여야 하는데 잘 붙지 않아 가게 주인에게 붙여 달하고 하였다. 인터넷을 검색하다 보면 여행자끼리 비녯을 사고파는 것을 볼 수 있는데, 옳은 것인지 아닌지 그것도 판단하기 어렵다. 렌트카를 스위스에서 빌렸으면 비녯이 붙어 있었을 것인데, 프랑스에서 렌트하다 보니 붙어 있지 않았다. 1년분 고속도로 통행료를 선불로 납부했으니 고속도로를 드나들 때 통행료를 납부하는 번거로움을 덜 수 있어서 그것은 좋았다. 뇌샤텔을 스위스의 첫 여행지로 택한 것은 스위스 관광청 홈페이지의 스위스 그랜드 투어의 두 번째 출발지로 소개되었기 때문이다.

뇌샤텔 시내 도로는 스위스에서 자동차로 처음 통과하기 때문에 조금 긴장되었다. 차를 뇌샤텔 여객선 터미널 Neuchâtel LNM 부근 주차장에 주차하였다.

직장인 휴가를 이용한 서유럽 자동차여행

(위) 도시의 중심인 마켓플레이스
  (비가 왔다가 그쳤지만 바람이 불고 있어서 노천카페가 열리지 않았다)

(아래) 스위스의 신호등은 좌, 우측 신호등도 있으므로 신호등이 지시하는 대로 가면 된다
  우측의 노란 차선은 버스 전용차선

차를 주차하고 주차표를 뽑으러 갔는데 유로화 EUR 는 사용할 수 없고 스위스 프랑으로만 결제 가능한데, 나는 스위스 프랑으로 지폐만 가지고 있고 동전을 가지고 있지 않아, 내 뒤에 줄 선 사람이 자신이 가지고 있던 스위스 프랑을 넣고 자동차 번호도 입력해야 한다고 하여 입력 후 영수증을 나에게 주었다. 나는 유로화 EUR 동전을 주었는데 괜찮다고 하며 받지 않아 스위스의 첫 주차비를 공짜로 처리하였다.

주차 영수증을 차량 안 앞유리 부근에 밖에서 볼 수 있도록 두고, 바로 앞에 있는 호수로 걸어갔다. 뇌샤텔호수는 길이가 38㎞이고, 폭은 6㎞로 스위스에서 레만호 다음으로 가장 큰 호수다. 뇌샤텔은 우리나라 사람들이 잘 찾는 관광지는 아니므로 나에게 낯선 곳이다. 바람이 많이 불어 물이 넘실거리는 모습을 보면서 호수의 크기를 짐작할 수 있었고, 호수의 물은 맑아 바닥까지 볼 수 있었다. 뇌샤텔 여객선 터미널이 있는 곳에 요트가 많이 정박되어 있었고, 터미널 앞에 있는 건물이 뇌샤텔 우체국으로 무슨 성과 같이 웅장한 모습으로 서 있었다. 박물관과 호수는 한 폭의 그림같이 잘 조화되었다.

뇌샤텔 호수

뇌샤텔을 한마디로 표현하면 신, 구 시가지가 잘 정돈되고 도시가 깔끔하다는 것이다. 스위스의 다른 도시와 마찬가지로 큰 호수를 끼고 있으며 도로에는 전차와 자전거와 자동차가 공존하고 있다. 각 도시마다 전차로 인해 하늘 공간이 전차의 전기공급 장치의 배선으로 복잡하지만, 이것마저도 도시의 건물과 잘 조화가 되어 도시의 매력을 더해준다.

가게의 돌출 간판도 거의 없거나 있어도 아주 작다. 또 건물마다 도시의 문장인지 도시가 속한 주의 문장인지 깃발이 건물 곳곳에 걸려 있는 것도 스위스의 도시 특징이라고 할 수 있다. 자신이 살고 있는 지역에 대한 자부심이 대단함을 느낄수 있었다.

뇌샤텔은 건물이 모두 중세의 건물과 같이 견고함과 세련미를 함께 지니고 있었다. 스위스의 첫 방문지 뇌샤텔은 나에게 큰 감동을 안겨주었다. 화려하지 않으면서도 품위를 잃지 않고, 크지 않으면서도 스위스의 도시적 요소를 모두 간직하고 있는 그리고 관광지로 크게 알려지지 않은 스위스의 숨겨둔 도시 뇌샤텔, 외국이지만 낯설지 않고 친근감이 그대로 묻어난 세계적인 시계의 도시 뇌샤텔.

뇌샤텔 호수는 파도가 상당히 높다. 파도가 있다는 것은 그만큼 호수가 크기 때문이다. 스위스에는 1,400개가 넘는 호수가 있다고 한다. 스위스의 모든 마을은 호수를 끼고 있다고 해도 그렇게 틀린 말은 아닌 것 같다. 비가 내렸다가 그친 뇌샤텔 호수는 고국의 향수와 이국의 신비를 합친 묘한 감정을 전해주었다. 호수가 바다같이 느껴졌다. 시내 중심가를 돌아보고 버스 정류장과 트램 정차장에서 사람들의 오가는 모습을 구경하였다. 주차장으로 돌아와서 네비게이션에 다음 목적지인 융프라우 캠핑장 Camping Jungfrau Holiday Park 좌표를 입력하고 출발하였다. 구글 지도를 검색하니 뇌샤텔에서 119km 떨어져 있고 1시간 35분 소요된다고 알려주는데 2시간쯤 날리면 될 것 같다. 스위스의 수도인 베른을 지나가는데 시간이 없어서 그대로 지나쳤다.

　　툰 호수를 따라가는데 호수 위치가 낮아졌다가 높아졌다가를 반복하면서
호수 건너편 마을들이 보였다. 푸른색의 물결이 가득한 툰 호수는 달력에
나오는 사진같이 아름답다. 자동차를 타고 가면서 호수 반대편에 있는 마을
을 보는 것이 더 아름답게 느껴졌는데, 그것은 마을 전체를 바라보기 때문
일 것이다.

도로 표지판의 최고속도가 120으로 나타났다가 공사 중인 현장을 지나갈 때는 50, 30으로 낮아졌다. 스위스에서의 운전도 편했다. 하기야 운전이 어려운 것이 아니고, 교통법규에 대한 이해부족과 다른 차들과의 관계, 과속 측정기의 갑작스런 출현 등이 운전을 어렵게 하는데, 프랑스와 마찬가지로 스위스 도로에서도 경찰을 본 적이 없다. 그리고 속도 측정기도 본 적이 없다. 분명 어디에 설치되어 있을 텐데, 볼 수 없었다. 결국 과속측정 카메라와 교통단속 경찰을 도로에서 보지 못하고 귀국했다.

네비게이션이 안내한 곳에 자동차가 도착했는데, 내가 찾는 캠핑장이 아니고 인터라겐 변두리의 산이었다. 인터넷으로 예약할 때 사진으로 본 그 캠핑장이 보이지 않고, 산촌 풍경의 마을이었다. 마을 사람에게 주소를 보여주니 건너편 산 쪽이라고 하길래 그곳에 캠핑장이 있느냐고 묻자 잘 모른다고 해서 당혹스러웠지만, 마을 사람이 알려준 산을 보니 산 위에 눈이 쌓여 있고 산자락이 사진에서 본 것과 비슷했다.

캠핑장 좌표를 찾아 다시 검색하였다. 여기서 목적지까지 15㎞로 네비게이션에 나타나는 것으로 보아 네비게이션이 제대로 경로를 찾은 것 같았다. 네비가 잘못된 길로 안내하였을 때, 다시 한 번 좌표를 재선택하면 될 것 같다. 프랑스에서 스위스에 오기까지 이틀 동안 네비게이션이 길을 잘 안내해 주었는데 처음으로 실수한 것이다. 아무튼 왔던 길을 돌아서 인터라겐 역을 지나 반대편 융프라우 산 위쪽 길을 따라 올라갔다.

✚

Switzerland

스위스 최고의 '융프라우 캠핑장'
Camping Jungfrau Holiday Park

꼬불꼬불한 길을 계속 올라가자 교회가 나타났고 우측길로 100m 들어가자 캠핑장이 있었다. 체크인 마감시간인 6시가 거의 다 되어 도착하였다. 차를 리셉션 부근에 주차하고 시동을 걸어둔 채 내렸는데 지나가는 사람들이 시동을 끄라고 한다. 공회전 금지법인지 뭔지 잘 모르겠지만. 어쨌든 환경을 보호하겠다는 그들의 노력에 박수를 보낸다.

국내에서 인터넷을 통해 융프라우 캠핑장 http://www.campingjungfrau.swiss 을 미리 예약하였다. 6월이므로 예약을 하지 않아도 되겠지만 라우터부룬넨에 반드시 들릴 것이므로 캠핑장 예약을 하였다. 예약은 간단하였다. 사람의 숫자와 텐트의 종류 작은 사이즈, 중간 사이즈 등, 전기 사용 유무, 자동차 유무, 숙박일수를 클릭하면 금액이 자동으로 계산되었고, 요금 51.9CHF을 신용카드로 결제하였다. 미디움 사이즈를 신청했는데 캠핑장에 다시 메일을 보내 스몰 사이즈로 변경해 달라고 요청하였고, 다음날 메일을 통해 42CHF로 변경되었음을 알려왔다. 5성급 최고급 캠핑장으로 방갈로, 카라반 등 숙소도 있었다.

리셉션에 들어가니 여직원 2명이 있었다. 예약결과 출력물을 보여주자, 직원은 예약 사항을 다시 한 번 확인하였다. 내일 오전 10시까지 체크아웃 해야 한다는 것을 확인한 후 다른 관리 직원의 안내로 캠핑장의 텐트 칠 곳으로 갔다. 너무나 깨끗한 잔디밭이 펼쳐져 있고, 잔디의 구역이 일정 크기로 나누어져 있었다. 곳곳에 텐트가 설치되어 있었지만 설치된 텐트가 많지 않아서 자리를 마음대로 고르라고 하였다.

나는 전기를 사용해야 하므로 전기 분배선이 있는 곳 가까이에 텐트를 설치하였다. 관리인은 자동차를 텐트 옆 잔디 위에 세우라고 하였다. 우리나라 같으면 텐트를 잔디 위에 치고, 자동차는 길에 세우라고 할 텐데, 텐트 옆 잔디밭에 세우라고 하니 놀랄 일이었다. 텐트를 치고 전기를 끌어오기 위해 파리에서 구입한 캠핑장용 3구 플러그를 아무리 찾아도 없다. 가방을 다 뒤지고 차 안을 샅샅이 뒤져도 보이지 않는다.

프랑스에서 오늘 캠핑장 전기를 끌어오기 위해 16.4유로의 2만 원이 넘는 돈을 주고 산 것인데 더 이상 찾을 수 없어서 리셉션에 갔는데 이미 문이 닫혀있었고 매점도 이미 문을 닫았다. 이제 큰일 났다. 플러그가 없으면 전기를 사용하지 못하기 때문이다. 그래도 혹시나 해서 전기 배전구를 찾아보니까 2구 콘센트가 하나씩 있었다.

융프라우 산 밑으로 밤에 너무 추워서 전기장판을 깔지 않으면 잘 수 없기 때문에 꼭 필요한 것이다. 그리고 잠은 그렇다 치더라도, 전기 사용을 전제로 모든 것을 준비하였으므로 가스는 전혀 준비하지 않았다. 전기밥솥으로 모든 것을 해결하려고….

스위스 캠핑장을 다녀온 사람들이 이구동성으로 하는 말이 3구 플러그를 준비하지 않으면 리셉션에서 대여해야 하고, 대여하는 곳이 아니면 추워서 잠을 자지 못한다는 말을 들었다. 텐트 제일 밑바닥에 집에서 준비해간 매트를 깔고 그 위에 집에서 사용하던 전기남요를 펴고 그 위에 남요를 넣고 이불을 폈다. 텐트는 2~3인용인데 두 사람이 누우면 꼭 맞는 그런 것이다. 국내에서 준비해간 리드선을 캠핑장 전기배전 기구에 있는 2구 콘센트에 바로 꽂았다. 전기밥솥으로 밥을 해서 김, 참치, 라면, 고추장, 멸치를 요리하여 먹었다. 아마 이곳이 지구상에서 제일 아름다운 캠프장일 것이다. 바로 뒤에는 큰 폭포 두 줄기가 큰 소리를 내면서 계속 떨어지고 있었다.

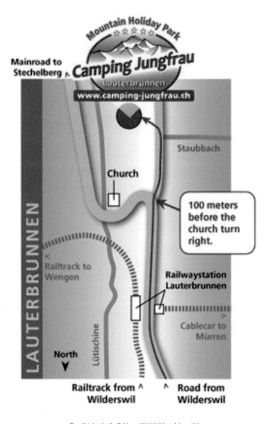

홈페이지에 있는 캠핑장 가는 길

슈타우바흐 폭포 staubbach fall 의 빙하가 녹은 물이 297m 아래로 떨어지는 물소리는 마음을 시원케 한다. 흰 눈 덮인 산과 떨어지는 폭포, 잔디로 드넓은 캠핑장은 지금까지의 모든 피로를 한꺼번에 날려주었다. 캠핑장에는 리셉선과 매점, 화장실, 샤워장, 조리실, 세탁실, 어린이 놀이 시설이 잘 갖추어져 있었다.

1	Laden, Kiosk, Reception, Fotostation / grocery / magasin
2	Restaurant „Weidstübli" & Take Away
3	Herberge „Ferienhaus Weid", Aufenthaltsraum, Cheminée, TV / hostel, lounge / gîte, salle de séjour
4	Sanitäranlagen / sanitary facilities / installations sanitaires
5	Bancomat / ATM
6	Internetstation, WiFi Zone Swisscom Hotspot
7	Telefon / payphones
8	Recycling
9	«Chalet Jungfrau»
10	Kinderspielplatz, Grillhütte / children´s playground, barbecue shelter / aire de jeux pour enfants, abris pour barbecues
11	Barbeque
12	Eurorelais Campingbus Servicestation
13	Unterkünfte / accommodation / logement
14	Komfortstellplätze
15	Skilift & Gleitschirm Landeplatz / paragliding

캠핑장 배치도

|홈페이지의 찾아오는 길 안내(홈페이지의 찾아오는 길 번역)|

· 라우터브루넨(Lauterbrunnen)에 도착하면 마을을 통과하는 주요 도로를 따라 운전하십시오.

· 계곡의 안쪽방향에서 본 Camping Jungfrau는 Staubbach 폭포의 인상적인 전망 바로 아래 오른쪽에 있습니다.

· 교회 바로 직전에 캠핑 융프라우로 이어지는 도로 표지판을 놓치지 마세요. 오른쪽으로 향합니다!

(위) 캠핑장 입구
(아래) 캠핑장에서 바라본 폭포

직장인 휴가를 이용한 서유럽 자동차 여행

(위) 캠핑장의 아름다운 모습
(아래) 우리의 숙소인 텐트와 자동차

라우터브루넨 ▶ 툰 ▶ 브리엔츠 ▶ 룽게른(고개) ▶ 루체른

Switzerland

융프라우 빙하 협곡의
폭포마을 라우터브루넨
Lauterbrunnen

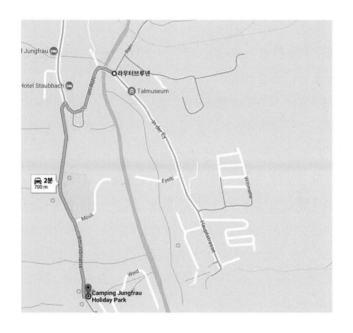

　2017.6.7 아침 8시쯤 일어났다. 폭포는 여전히 큰 소리를 내면서 산위에서 땅바닥으로 힘차게 흘러내리고 있었다. 10시까지 체크아웃을 해야 한다. 아침 식사 후 리셉션에서 제크아웃을 하고 수자비에 사용하기 위해 유로화를 스위스 프랑으로 교환하고, 700m 떨어진 곳에 위치한 라우터브루넨 Lauterbrunnen 으로 2분 정도 차를 몰았다. 캠핑장 바로 옆에 있는 마을이다.

이 마을은 책을 통해 많이 본 아름다운 마을이다. 교회 옆의 넓은 주차장에 주차하였다. 화장실도 있고, 주차장이 아주 넓은 것으로 보아 유명 관광지임에 틀림없다. 10시 조금 넘은 시간인데 주차된 차가 몇 대 없었다. 이곳에서 바라보는 슈타우바흐 폭포는 캠핑장에서 보았을 때와 또 다른 감동을 주었다. 옆에 있는 주차기는 24시간 운영된다고 되어 있는데, 다시 말하면 야간 무료주차가 안 된다는 이야기이다.

주차기에 동전을 넣었는데 동전이 그대로 빠져나왔다. 계속 동전을 넣어도 나오지 않아 지나가는 현지 사람을 불렀다. 알고 보니 캠핑장에서 동전으로 바꾼 스위스 프랑화를 넣지 않고 유로화 동전을 넣은 것이다. 봉투를 두 개 준비하여 하나는 유로화, 하나는 스위스 프랑화를 넣었는데 유로화 봉투에 있는 동전을 사용한 것이다. 그 사람이 자신의 동전을 넣어주었다. 두 번째 공짜 주차를 하는 순간이다.

5일간 사용하는 고속도로 통행료로, 일 년치를 지불했는데 스위스 사람이 주차비 정도 대신 내주어도 된다고 스스로 위로를 하고 주차권을 자동차 앞 유리에서 볼 수 있도록 두고 옆에 있는 교회로 갔다. 마당에는 큰 둥근 쇠종이 있는데 교회당 앞 구석에 사람의 키 높이 정도로 낮게 설치되어 있었다. 아마 옛날 종탑에 있던 것을 기념하기 위해 전시해 놓은 것 같다. 교회당 안에 들어갔는데 아주 소박했다. 지금까지 본 성당이나 교회당은 모자이크나 파이프 오르간과 건물이 너무 웅장하여 압도당했는데, 이 교회당은 긴 의자가 10개씩 2줄로 되어 있어 우리나라 시골의 작은 교회당과 내부가 너무 닮아 친근감이 들었다.

교회 앞길을 따라 아래로 내려가니 큰 개울이 나타나는데 다리에서 바라보면 사진에서 보던 맑은 물이 넉넉하게 개울을 가득 채우고 있었다. 우리나라는 개울도 거의 없지만, 있다 하더라도 물이 메말라 있는데, 물이 가득 흐르는 모습은 나의 마음을 풍족하게 했다. 다시 교회당으로 올라와 우측 마을로 들어갔다.

라우터브루넨는 스위스 베른 주에 위치한 도시로, 면적은 164.56㎢, 높이는 795m, 인구는 2,558명이다. 빙하의 침식으로 인해 형성된 빙하곡과 접해 있으며 70여 개가 넘는 골짜기와 폭포로 유명한 마을이다. 많은 관광객들이 슈타우바흐 폭포와 눈 덮인 알프스 산악지대의 풍경을 보기위해 모여들어, 많은 호텔들이 들어서 있다. 라우터브루넨 역을 통해 융프라우로 갈 수 있다.

유명한 관광지이다 보니 길 양쪽으로 커피점, 작은 호텔, 가게 등이 줄지어 있었다. 얼마 걷지 않아 길 아래에 라우터브루넨 기차역이 나타나는데, 산악 열차의 출발지이다. 이곳은 인터라켄 동역 Interraken ost 에서 20분쯤 걸리는데 30분마다 출발한다.

역 맞은편에 뮤렌 Murren 으로 가는 케이블카역이 있는데 케이블카로 올라 가서 바로 옆에 있는 산악기차로 이동한다고 한다. 캠핑장에서 직원이 주는 관광지도에 표시된 곳이 바로 이곳. 더 이상 머무를 시간이 없고, 내 아내가 케이블카 타고 왔다 갔다 하는 것을 싫어하며 여기 가는 것도 반대하여 포 기하였다. 폭포 위 마을이라 꼭 가보고 싶었지만, 앞으로 남은 여행의 원활 한 진행을 위해 포기했다. 다시 말하면, 아내의 마음을 상하지 않게 하기 위 해 포기하였다.

라우터브루넨은 마을 자체가 몇백 년 된 건물이 그대로 보존되어 있어 산 골 마을의 정취를 그대로 느끼게 하였다. 마침 두 사람의 남녀가 지나가다 가 사진을 찍어 달라고 하는데 부산에서 온 결혼 2년차 부부였다. 결혼 2주 년을 맞이하여 여행을 왔다고 한다. 부산은 내가 사는 창원에서 40㎞ 정도 떨어져 있는데 여행 중 파리 드골 공항에서 만난 한국 사람을 제외하면 7일 만에 처음 보는 우리나라 사람이다.

1779년에 독일 시인 괴테 1749–1832 가
슈타우바흐 폭포에서 떨어지는 물줄기를 보고
〈물 위 영혼의 노래〉라는 시를 남겼다.

사람의 마음은 물과 같다. 하늘에서 내려와 하늘로 올라가고
다시 내려와서는 땅으로 돌아간다. 이렇게 늘 무상하다

가파른 절벽에서 높이 떨어지는 새하얀 물줄기
매끄러운 바위에 물보라 치며 구름의 물결 되어
예쁘게 감아 돌다가 덤덤히 맞이하자
베일에 싸인 채 나직이 흥얼대며 골짜기로 내려 간다

우뚝 솟은 절벽이 물을 막으면 언짢아서 거품을 내며
바위에서 바위로 옮겨가며 바닥으로 떨어진다.
푸른 골짜기로 나오면 발걸음을 줄이고,
잔잔한 호수에 들어서면 별들이 모두 활짝 웃음을 피운다.

바람은 파도의 애인. 바람은 밑바닥에서 거품이 나게
파도를 크게 흔든다.
사람의 마음은 물과 같구나!
사람의 운명은 바람 같구나!

라우터브루넨 기차역(Lauterbrunnen bahnhof)

직장인 휴가를 이용한 서유럽 자동차 여행

산 위 마을과 길 그리고 산에서 내려오는 물을 보고 있으면 이수인 시, 곡
〈오솔길에서〉라는 노래가 생각난다.

녹음이 우거진 숲 속 호젓한 오솔길 따라
나 혼자 걷는 길에 들꽃이 반기네
좁다란 계곡 사이 흐르는 시냇물도
돌돌돌 얘기하며 옛날을 속삭이네
저 하늘가에 떠도는 무심한 저 구름아
어릴 제 놀던 내 친구 소식 좀 전해다오
아 멀리서 들려오는 해맑은 산새 노래
솔바람 소리에 실려 옛날을 속삭이네
옛날을 속삭이네

교회당 아래쪽에 흐르고 있는 개울

    아주여성합창단이 부른 〈오솔길에서〉는 산속에서 들려오는 천사들의 합
창과도 같다.

툰시의 샤다우공원

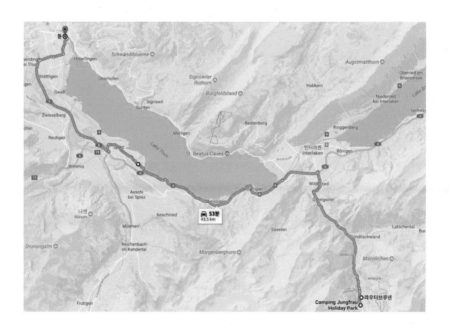

이제 툰 Thun 시에 있는 샤다우 공원 schadu park 좌표를 네비게이션에 입력
하였다. 인터라켄은 서쪽의 툰 호수와 동쪽의 브리엔츠 호수 사이에 있는 도
시로 이름의 뜻 자체가 '호수와 호수 사이' 라고 한다. 양쪽의 호수는 좁은
수로로 연결되어 있어서 유람선도 다닌다. 인터라켄은 유명한 곳이지만 늘어
가지 않고, 양쪽 호수의 대표적 마을을 방문하기로 하였다. 먼저 서쪽의 툰
호수가 있는 샤다우 공원으로 출발했다.

(위) 툰 호수
(아래) 샤다우 공원

직장인 휴가를 이용한 서유럽 자동차 여행

차는 꼬불꼬불한 산길과 툰 호수를 따라 42㎞를 달려 50분 정도 걸려 마을에 도착하였다. 이번에는 마을에 있는 주차티켓 발매기에서 티켓을 아주 깔끔하게 뽑았다.

마을을 지나 툰 호수를 보기 위해 샤다우 공원으로 갔다. 잔디가 깔려 있는 아주 넓은 규모였으며 잔디가 잘 가꾸어져 있었다. 백조는 잔디밭을 여유롭게 거닐고 사람이 가까이 다가와도 경계하지 않았다. 워낙 많은 사람을 접하다 보니 아무렇지도 않은가 보다. 엄마와 자녀들이 공원 이곳저곳을 다니며 장난치는 모습이 정겹다.

공원 안쪽으로 들어가자 큰 건물이 나타났다. 샤다우 성 schadau castle 인데 1846년에서 1854년에 걸쳐 뇌샤텔 Neuchatel 의 은행가 드니 알프레드 드 루쥬몽을 위해 지었는데 유럽의 아름다운 성 가운데 하나로 손꼽힌다. 넓은 정원으로 둘러싸여 있는 이 건물은 레스토랑 아츠와 스위스 미식박물관 swiss gastronomy museum 으로 사용되고 있다.

샤다우 성(schadau castle)

쉐르츠리겐 교회(Scherzligen church)

스위스 미식박물관은 6,000권 이상의 서적을 갖춘 미식 도서관으로 1545년 출판된 환자를 위한 요리책도 있고 세계에서 가장 작은 요리책도 전시되어 있다. 샤다우 공원 안에는 흰색의 쉐르츠리겐 교회 Scherzligen church 가 있다. 이 교회는 외관이 심플하며 결혼식 장소로 인기가 높다.

 이 교회는 툰 호수의 천년교회 12개 중 하나로 8세기 문서에 이 교회 이전의 교회당 건물에 대해 언급하고 있다. 종교개혁 전까지는 성모 마리아를 위한 교회였다. 내부는 12~16세기 벽화가 그려져 있는데 국가 중요 문화재로 등록되어 있다고 한다. 이곳으로부터 1㎞ 떨어진 곳에 툰 성이 있다는 것을 나중에 알았기 때문에 가보지 못했다. 공원에서 바라본 툰 호수는 끝이 가물가물 보일 정도로 길고 넓었다.

 툰 시내에서 1시간 마다 인터라켄으로 가는 유람선이 있는데 약 1시간 정도 소요된다. 호수까지 내려와서 지나가는 유람선을 바라보면서 여유를 가져 본다. '여유는 누가 가져다주는 것이 아니라, 스스로 만드는 것이다'라는 말을 나는 즐겨 쓴다. 바쁜 일상생활에서 잠시 나와서 여유를 만드는 것, 지금 하고 있는 것이다. 주차장에 가는 길이 한적한 뒷길인데도 빨간불에 자동차가 줄지어 멈춰 서 있다. 나도 귀국하면 스위스식 운전을 해야지.

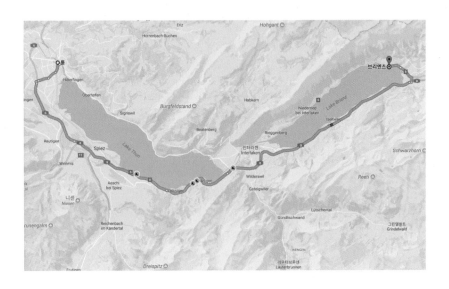

전원도시 브리엔츠 Brienz

샤다우 성을 뒤로하고 다음 행선지인 브리엔츠로 차를 몰았다. 남은 거리
가 52km였고 50분 정도가 소요시간으로 나타난다. 툰 마을은 툰 호수 서쪽
끝, 브리엔츠는 브리엔츠 호수 동쪽 끝에 위치하여 라우터브루넨에서 온 길
로 다시 돌아가서, 브리엔츠 호수를 따라 들어갔다.

스위스 어느 마을인들 경치가 아름답지 않은 곳이 있겠느냐만은 브리엔츠
마을은 그중에서도 가장 아름다운 마을 중 하나로 손꼽히기 때문에 꼭 가
보고 싶은 곳이다. 브리엔츠 호수는 파란색을 띠는 스위스의 전형적인 호수
이다. 브리엔츠는 스위스 베른주에 속한 전원적인 마을로 인구가 3,000명이
며, 브리엔츠 호수가 툰 호수보다 작다.

(위) 브리엔츠 이정표
(아래) 브리엔츠 호수

(위) 브리엔츠 역
(아래) 브리엔츠 마을

직장인 휴가를 이용한 서유럽 자동차 여행

여객선 터미널 옆 주차장에 주차하였다. 정기선은 브리엔츠 호수의 서쪽 인터라켄과 동쪽 브리엔츠를 연결한다. 바로 뒤에는 기차역이 있는데 인터라켄 동역과 루체른으로 가는 기차를 탈 수 있다. 기차역 바로 뒷길 건너편에는 브리엔츠 로트론 Brienz rothorn 역이 있는데 스위스 유일의 증기 톱니바퀴 열차로 235m 위치에 있는 브리엔츠 로트론에 오를 수 있다.

스위스는 케이블카와 산악기차, 페리가 잘 발달되어 있어서 어디를 가든지 서로 연계하여 관광을 즐길 수 있는 곳이다. 우리 부부는 기차역을 중심으로 우측과 좌측의 마을을 둘러보았다. 6월이라서 그런지 관광객이 거의 없었다. 지나가는 사람들이 인사를 건네는 것을 보면 스위스 사람은 아주 친절하다. 주차비를 두 번이나 대신 내준 사람들이기 때문이기도 하고.

마을의 우측에는 가정집이 많았다. 큰 놀이터가 있는 집도 있었고, 집 모양도 사진에서 많이 보아오던 것으로, 눈에 익숙하였고, 캠핑장도 있었다. 기차역을 중심으로 좌측에는 은행, 가게, 미드 등이 많이 있어서 상업시가인 것 같다. 조그마한 마을인데도 마트는 우리나라 대도시 마트같이 아주 크고 넓었다.

브뤼니히 고개에서 발견한
룽게른 Lungern

네비게이션을 루체른 리도 캠핑장 Camping international Lido Luzern 으로 설정하였다. 53km, 1시간 거리에 있다. 왔던 길인 우측 길로 가지 않고, 네비게이션이 마을 위의 산 쪽으로 안내하였다. 산길로 들어서자 마을의 모습을 더 잘 볼 수 있었다. 집안에 쌓아놓은 장작들, 집 주위에 장식한 꽃들, 삶의 다양한 모습이 여유롭게 보였다.

산길로 진행하여 산을 계속 넘어가는데 도로 폭이 좁았다. 오르막 경사가 있었고 도로가 구불구불하여 조심하여 운전하였다. 루체른으로 가는 길은 교통량도 다른 곳보다 많았다. 한참을 올라가서 다시 산을 넘어 내리막길로 달려가고 있는데 좌우 길옆에 자동차가 많이 서 있는 것이 보였다. 사람들이 몰려있는 좌측을 보니 정말 아름다운 풍경이 펼쳐져 있었다. 국내에서 여행을 준비하면서 구글지도를 통해 루체른을 검색하다가 어떤 마을 사진을 발견하였는데 너무 아름다워 다시 찾으려고 해도 찾지 못한 그 마을이었다.

길 우측에 여유가 있는 비포장 공터가 있었는데 주차장 표시가 되어있지 않았다. 차를 공터에 주차하고 마을을 감상하였다. 인터넷으로 아무리 검색해도 찾지 못했던 도시가 지금 눈앞에 덩그러니 나타났다. 호수를 포함한 마을 전체를 볼 수 있는 곳이 바로 이곳이다.

많은 사람들이 지나가다가 주차하여 마을을 구경하고 있었다. 나도 여러 장의 사진을 찍었다. SUV 차량의 해치백을 열어놓고 차량 뒷자리에 앉아서 차를 마시고 있는 나이 많은 여성이 두 명 있었는데, 내 아내가 그 사람들과 사진을 같이 찍을 수 있는지 물어보라고 하여 그들에게 승낙을 받고 사진을 찍었다.

아주 고령의 사람들은 자매간인지 모르겠지만, 옆에 서서 차를 마시고 있는 사람은 그중 한 사람의 남편임이 분명해 보였다. 내 아내에게 아주 다정하게 포즈를 취해 주었는데 영국에서 왔다고 한다. 그리고 보니 사진 가운데 서 있는 분은 영국여왕 엘리자베스 2세와 많이 닮았다. 혹시 먼 친척? 여행 중 고마운 사람들에게 줄 기념품이라도 미리 준비했더라면 좋았으련만, 고맙다는 말만 전한 것이 아쉽다.

영국에서 온 노인들과 함께

  스마트폰으로 구글지도를 열어 현재 위치를 확인해 보니 현재 위치는 브뤼니히 Brunig 고개이고 아래에 보이는 마을은 룽게른 Lungern 이었다. 지상에 이렇게 아름다운 마을이 있을까? 스위스를 대표하는 호수와 캠핑장과 교회, 산이 있는 스위스 축소판 마을이라고 생각된다.

  '룽게른 마을같이 산에서 볼 때 한눈에 들어오는 마을은 실제 가서 보면 별로다'라는 말로 스스로 위로하고 지나갔다. 마을을 멀리서 한꺼번에 보는 것과 들어가서 세부적으로 보는 느낌은 다르기 때문이다.

  리도 캠핑장에서 오늘 하루 숙박할 예정인데, 국내에서 미리 예약을 하려고 했으나 인터넷 사이트를 보니 텐트는 예약을 받지 않고, 6시까지 리셉션을 운영한다고 되어 있어서 계속 차를 몰았다. 캠핑카 등 다른 숙박시설은 예약 가능.

브뤼니히 고개에서 바라본 룽게른

✚

Switzerland

호반의 도시 루체른 Luzern

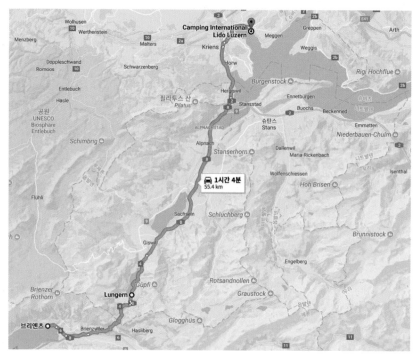

브리엔츠 ▶ 룽게른 ▶ 루체른 ▶ 리도 캠핑장

　룽게른에서 40분을 더 달려 루체른 시내에 들어왔다. 루체른역 앞으로 진입하여 들어가자 저녁시간이라서 그런지 아주 복잡했다. 루체른은 알프스의 큰 산들로 싸여있고 길이 30㎞, 최대 넓이 3㎞, 최대수심 213m의 루체른 호를 끼고 있는 호반의 도시로 루체른주의 주도이며 스위스의 대표적인 도시로 인구는 8만 명 정도 된다.

직장인 휴가를 이용한 서유럽 자동차 여행

1579~1874년에는 로마교황청 대사가 주재하던 곳으로 스위스에 여행 오는 사람들이 모두 둘러보는 곳이다. 루체른은 다른 스위스의 유명한 도시들과 마찬가지로 호수에는 유람선이 다니고, 각지로 연결된 철도와 산을 연결해 주는 케이블카가 있으며, 강이 연결된 전형적인 관광지이다. 온화한 기후와 아름다운 경관, 그리고 로이스강 위에 있는 7개의 다리 중 2개의 오래된 목조 다리는 루체른을 스위스의 가장 유명한 관광지로 만든 요인이다. 루체른은 종교개혁이 스위스와 유럽을 휩쓸고 있을 당시 로마 카톨릭을 옹호한 지역으로 현재 주민의 대부분은 카톨릭이고, 독일어를 사용한다.

　　캠핑장은 루체른 중심가에서 2.6㎞ 떨어져 있어서 걸어서 30분이면 도심에 도달한다. 루체른역을 거쳐서 루체른호의 첫 번째 다리를 건너서 해안 부근의 도로를 따라 조금 더 가자 LIDO 캠핑장에 도착하였다. 오후 6시가 거의 다 되어갔다. 리셉션 앞에 차를 주차하고, 리셉션에 가서 체크인 절차를 밟았다.

리도 캠핑장 정문 간판

리셉션 근처 텐트 칠곳을 지정해 주면서 잔디의 반만 사용하라고 한다. 스몰 텐트를 신청했기 때문이다. 바로 옆에는 화장실과 샤워실, 식기세척실 등이 있어서 위치가 아주 마음에 들었다. 그리고 3구 콘센트에 사용할 어댑터를 대여하였다. 반납하면 돈을 환불해주는 조건으로 20유로에 빌렸다. 이 캠핑장은 모두 3구 콘센트가 설치되어 있어 3구멍에 맞는 플러그 캠핑카용 만 사용할 수 있는데 렌트가 되어 다행이다. 60대로 보이는 여성 직원인데 아주 친절하였다. 3구 플러그를 빌렸으니 이것보다 더 어떻게 친절할 수 있을까. 마지막으로 체크아웃은 12시까지라고 말해줬다.

나는 텐트를 치고 아내는 식사 준비를 하였다. 두 번째 설치하는 텐트로 처음보다 빠른 속도로 설치했다. 6시밖에 되지 않아 식사 후 루체른 시내를 구경하기로 하였다. 텐트 옆에 지붕이 있는 넓은 식탁에 전기밥솥을 갖다 놓고 저녁을 하여 그 자리에서 먹었다. 이 정도면 캠핑장에서 숙박하는 즐거움이 호텔보다 더 좋게 느껴졌다. 식사 후 체크인 할 때 받은 루체른 안내 소책자를 가지고 캠핑장을 나섰다.

해안선을 따라 넓은 잔디밭이 계속되고 있었고, 잔디밭에는 운동하는 사람과 어떤 단체에서 온 사람들이 모여서 식사하는 모습, 혼자 와서 앉아 있는 사람 등 다양한 모습의 사람들이 있었다. 루체른의 시원한 저녁 바람을 맞으면서 시내를 향해 걸어갔다. 루체른의 볼거리는 시내 카펠교 부근에 집중되어 있어서 저녁시간을 이용하여 도보로 관광하는 것이 너무 좋았다. 6월은 프랑스와 똑같이 해가 지는 시간이 늦어서 9시가 되어도 해가 지지 않았다.

소책자에 나타나는 제일 가까운 호프 교회는 두 개의 지붕이 인상적이다. 14세기에 고딕양식으로 지어졌지만 1633년에 화재로 뾰족한 지붕만 남기고 모두 불에 타버렸다. 지금 건물은 1645년 재건축한 르네상스식 건물이다. 루체른의 다른 교회와 마찬가지로 카톨릭 교회였다.

(위) 우리 숙소인 텐트와 자동차
(아래) 텐트 바로 옆에 있는 편히 쉴 수 있는 곳

캠핑장에서 나눠준 루체른 관광 책자

시계가 오후 9시 10분을 가르키고 있음에도 해가 완전히 지지 않고 석양이 건물을 붉게 물들이고 있다. 호프교회를 둘러보고 다시 해안 도로를 따라 걸어가자 시내 중심가가 나타났다. 도시가 잘 정돈되고 고풍스런 건물들이 도로 우측에 배치되어, 좌측의 호수와 잘 어우러져 보였다.

카펠교를 지나가면서 바라본 예수회 교회는 언뜻 보기에 회교사원과 비슷하게 생겼다. 예수회 교회는 스위스에서 가장 큰 바로크 양식을 가진 교회 건물로 신부 크리스토프 보글러 Pater Christoph Vogler 에 의해 세워졌다. 18세기에 둥근 아치형의 천장이 재단장되었다. 소 예배당은 사제 클라우스 Klaus: 스위스 대표 성인 가 입었던 그 당시 그대로 사제복을 간직하고 있다.

루체른은 특히 나무다리로 유명하다. 오늘날 카펠교는 로이스강 남쪽 제방에 있는 루체르너 Luzerner 극장부터 리소우쿠아이 Rathausquai 에 있는 생 페터 St. Peter 교회까지 놓여 있으며, 지그재그로 워터 타워 급수탑 를 지나간다. 루체른의 랜드마크인 이 다리는 유럽에서 가장 오래된 지붕 있는 다리로 여겨지고 있다. 다리는 1333년에 세워졌으며 본래 도시 요새의 일부분이었다.

(위) 캠핑장 앞 호수
(아래) 호프 교회

(위) 루체른 시내 도로 모습
(아래) 예수회 교회

    루체른의 워터타워는 다리 옆에 붙어있는 탑인데 34m ¹¹¹·⁵피트 높이로, 8
각형 타워는 1300년경 도시 성곽의 일부로 지어졌으며 적의 침입을 감시하
는 탑으로, 등대로 사용되었다. 그 외에도 기록 보관소, 금고, 감옥, 고문실
등으로 사용되었다.

(위) 루체른 시내 전경
(아래) 카펠교(Chapel Bridge)와 워터타워(Water Tower)

(왼쪽) St. Peters 성당 / (오른쪽) 구, 시청사

 지금은 기념품 가게가 있다. 카펠교의 천장에 스위스의 역사 등을 그림으로 표현한 116점의 그림이 있었지만 1993년 화재로 85점이 불타고 지금 남은 그림은 불에 그을린 흔적이 있다. 화재로 인해 다리의 절반 이상이 불에 탔지만, 시민들의 성금으로 1년 만에 복원되었다. 카펠교에서 로이스강을 따라 400m 위로 올라가면 루체른 호수쪽에서 강쪽으로 5번째 위치한 슈퍼로이어교가 나타난다. 1408년에 만들어졌으나 폭풍우로 붕괴된 것을 1568년에 재건축하였다. 카펠교에서 600m 떨어진 곳에 무제크 성이 있는데 그곳은 가지 않았다.

 카펠교에서 루체른 호수 방향으로 걸어가면 첫 번째 다리와 만나는 곳에 있는 루체른 기차역 Luceren Railroad station 은 국내, 국제선이 모두 운행하며 1971년의 화재로 건물 전체가 재건축되었다.

직장인 휴가를 이용한 서유럽 자동차여행

(위) 예수회 교회(카펠교에서 로이스 강 상류를 바라봄)
(아래) 과자와 기념품이 전시되어 있는 건물

리도 캠핑장 바로 옆에 위치한 스위스 교통박물관은 육상, 해상, 공중의 모
든 교통수단을 보여주는 곳으로 시간이 없어서 가 보지 못했다. 그리고 죽어
가는 사자 기념비도 책에서 너무 많이 본 곳으로 시내에 있음에도 불구하고
가보지 않았다.

숙소인 캠핑장으로 돌아오는 길에는 아직도 많은 사람들이 호수의 바람을 즐기고 있었다. 밤늦게 다시 캠핑장으로 돌아와 하루를 마감하였다. 캠핑장은 사람들로 가득해서 시끄러웠으나 피곤한 덕분인지 눕자마자 바로 잠들었다.

스위스 관광 마지막 날은 알트도르프 Altdorf, 슈비츠 Schwyz, 취리히 Zurich 를 가는 일정으로 짰다. 당초 스위스에서의 여행 일정은 뇌샤텔, 인터라켄, 루체른, 취리히는 일정계획에 본래 포함하였고, 나머지 장소는 매일 아침 일어나서 주변 관광지를 인터넷으로 검색하여 방문하였다.

아침에 아내가 식사를 준비하는 동안 나는 노트북으로 주변 갈만한 곳을 검색하여 스위스의 건국영웅이 있는 알트도르프와 스위스 역사의 산 증인인 슈비츠를 거쳐 스위스의 중심도시 취리히를 방문하기로 계획했다.

12시까지 체크아웃을 해야 하므로 거의 12시가 다 되어서 짐 정리를 마치고 어제 리셉션에서 빌린 3구 플러그를 반납하였다. 담당 직원은 플러그 빌릴 때 준 번호표를 달라고 한다. 짐 정리할 때 아무리 찾아도 없어서 빌린 물건만 돌려주면 별문제 없을 것으로 판단하였는데 번호표를 반납하지 않으면 플러그를 반납해도 예치금 20유로를 돌려주지 않겠다고 한다. 표는 잃어버려 찾을 수 없다고 해도 막무가내였다. 내 뒤에 또 한 사람이 체크아웃을 위해 기다리고 있었다. 어제 체크인 할 때 봤던 친절한 직원인데 우리의 상식으로 이해할 수 없는 일이다.

그때 내 아내가 번호표를 찾았다고 하면서 가지고 와서 제출하자 웃으면서 20유로를 돌려주었다. 이것은 문화적 차이에 기인한 것이라고 생각해도 정도가 지나치다. 영수증을 받으니 숙박비가 41CHF으로 융프라우 캠핑장 42CHF와 금액도 비슷하였다. 아마도 루체른 시내에 위치하여 많은 사람들이 오는 캠핑장이기 때문일까?

|종교개혁|

　영국, 프랑스, 스위스를 여행하다 보면 많은 교회 건물이 등장한다. 스위스를 예로 들면, 취리히의 교회당 건물은 대부분 종교개혁의 성공으로 프로테스탄트 교회당이 많고, 루체른은 종교개혁의 영향을 받지 않아 대부분 카톨릭 교회당이다. 20년 전에 제네바 대학에 갔을 때 그곳에 종교개혁가들의 부조상이 있었다. 종교개혁은 16세기 유럽 전역을 뒤흔든 대사건이다. 그러므로 종교개혁에 대한 간략하게 살펴보면 유럽의 인쇄술 발명과 산업혁명과 더불어 세계역사의 큰 흐름을 만들어낸 중요한 역사적 유산이다.

　종교개혁(The Reformation)은 기독교 개혁이라고 표현할 수도 있을 것 같다. 마르틴 루터(Martin Luther)는 1517.10.31. 비텐베르크성 교회 정문에 면죄부 판매에 반대하여 95개조 반박문을 게시한 것으로 시작되었다.

　1520년 루터는 카톨릭 교회로부터 파문을 당했고, 루터가 암살당할 것을 염려한 선제후 프리드리히 3세에게 납치되어(보호를 위해) 성경을 독일어로 번역하였다. 한편 스위스 취리히에서는 츠빙글리가 면죄부와 카톨릭의 부패를 비판하면서 종교개혁을 성공적으로 이끌어 취리히를 프로테스탄트의 도시로 만들었으며, 이 과정에서 내전이 벌어져 츠빙글리가 사망하였다.

　독일과 북유럽에서 루터의 종교개혁 운동이 영향을 미쳤다면, 영국은 존 녹스 등이 활동하였다. 종교개혁의 영향을 가장 많이 받은 곳은 독일이지만 영국은 성공회를 만들어 독립하였다. 종교개혁을 통해 유럽은 종교와 정치가 분리되기 시작했고, 종교개혁의 결과로 프로테스탄트가 탄생하였다. 종교개혁의 반대 입장에 선 예수회가 탄생하여 자정 노력이 성과를 거두었고 루터의 독일어 번역 성경은 인쇄술의 힘을 입어 근대 독일어 완성에 기여하였다. 2017년은 종교개혁 500주년이 되는 해로 독일을 비롯한 세계 각국에서 다양한 기념행사가 열리고 있다.

빌헬름 텔 Wilhelm tell의 전설이 있는
알트도르프 Altdorf를 향해

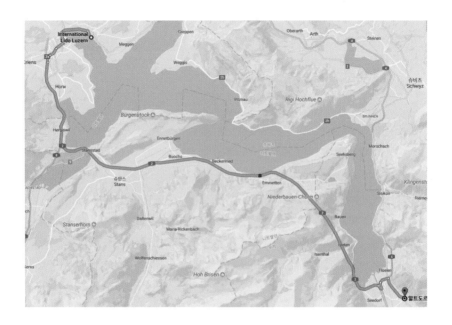

　2017.6.8 오늘은 스위스 마지막 일정으로 네비게이션으로 알트도르프 좌표를 설정하니 47㎞ 45분이 소요된다고 나타났다. 차는 어제 캠핑장으로 온 길을 되돌아가서 루체른역 부근의 중앙로를 거쳐 갔다.

　구글 지도를 보면 루체른은 루체른 호수를 기준으로 보면 좌측 끝에 위치하고 알트도르프는 남쪽 끝 부분에 위치 호수에 붙어 있는 것은 아님 하여 호수 남쪽으로 차를 운행하였다. 호수가 왼편으로 펼쳐져 스위스가 호수의 나라임이 실감 난다.

루체른 호를 따라

스위스는 알프스 산악지역으로 터널이 많았고 길이도 아주 길었다. 10km 이상 되는 것도 몇 개 지난 것 같다. 어떤 터널은 중간에 갈림길이 나타나서 우측 갈림길로 진행하기도 했다. 가끔씩 수십 명의 무리가 자전거를 타고 질주하는 것도 볼 수 있었다. 액션 영화에 나오는 그런 장면이다. 그리고 고속도로에 오토바이가 다니는 것도 신기했다. 약 1시간 정도 달리자 목적지인 알트도르프 Altdorf 에 도착하였다.

이 도시는 빌헤름 텔 Wilhelm tell 이라는 사람의 전설적인 이야기가 있는 곳이다. 1300년경 스위스의 3개 주의 주민이 연합하여 오스트리아를 스위스에서 몰아낼 때 핵심적 역할을 한 사람이다. 사냥꾼인 텔은 뷔르글렌에서 태어나 가족과 평범한 삶을 살고 있었는데, 어느 날 아들과 함께 이웃마을 알트도르프로 갔다가 마을의 규칙을 알면서도 막대기에 걸려있는 그 마을 수령 게슬러의 모자에 경례를 하지 않아 체포되었다.

아들의 머리에 사과를 올려놓고 쏘라고 하여 화살로 사과를 쏘아 떨어트렸으나, 화살 하나를 숨긴 것이 발견되었고 '사과를 명중시키지 못했으면 이 화살로 케슬러를 죽였을 것'이라는 말 때문에 체포되어 이송되던 중, 폭풍우를 만난 배에서 탈출하여 나중에 게슬러에게 복수하며 오스트리아를 몰아내고 스위스의 독립을 이루었다는 이야기이다. 희곡으로도 나와 있고, 책으로도 출판되어 있으며 중학교 교과서에도 나온다. 빌헬름 텔 동상이 서있는 곳이 사과를 쏜 곳이라고 한다.

빌헬름 텔 동상

빌헬름 텔 동상에서 좌측으로 5분 정도 걸어가면 300m 성당이 나오는데 St. martin 성당으로 성당건물 좌측과 우측에 묘지가 조성되어 있다. 오래된 깃으로부디 최근 묘지끼지 있는데 규모가 엄청니게 크다.

St. Martin은 유럽여행 중 성당 및 기념 건축물을 통해 제일 많이 접하는 인물이다. 이곳 알트도르프에 있는 카톨릭 성당도 그렇고, 프랑스 파리의 아치형 건축물인 '마틴 문'을 통해서 이미 들어본 인물이다. 그 정도로 유명한 사람으로 독일에서는 매년 11월 11일 마틴 St. Martin 의 축일로 기념한다.

마틴은 로마 제국에 속한 사바리아 헝가리 에서 316년 혹은 317 태어나 397.11.8 사망했다. 그는 17세에 로마 군인으로 프랑스 북부에 주둔하였는데 가난한 사람을 많이 도와주었다.

마틴에 대해 다음과 같은 이야기가 전해져 온다.

어느 추운 눈 내리는 겨울날, 마틴은 성문 밖에 어떤 사람이 허름한 누더기로 몸의 반만 가리고 추위에 떨고 있는 것을 봤다. 자신이 도와주지 않으면 얼어 죽을 것이라고 생각하고 자신의 외투를 칼로 잘라 절반을 나누어주었다. 그 사람이 감사의 말을 서둘러 전하려고 하였으나 벌써 마틴은 말을 타고 떠나갔는데 그날 밤 마틴의 꿈에 예수님이 나타나서 그 거지가 바로 자신이라고 말했다는 전설이 전해져 내려오고 있다.

마틴은 나중에 주교가 되고 카톨릭 성인으로 추대되었다. 사람들은 이것을 기념하여 축일 전날 등불을 들고 추운 거리를 돌면서 노래한다. 노래를 계속 들어도 싫증나지 않고 재미있다.

Sankt Martin Sankt Martin

Sankt Martin ritt durch Schnee und Wind

sein ross das trug ihn fort geschwind Sankt Martin ritt mit leichtem mut

sein mantel deckt ihn warrn und gut

Im schnee da, Im schnee da, Im schnee da sab ein armer mann

hatt kleider nicht, hatt lumpen an. o helft mir doch in meiner not,

sonst ist der bittre frost mein tod!

Sankt Martin Sankt Martin

Sankt Martin zog die zugel an, sein ross stand still beim armen mann

Sankt Martin mit dem schwerte teilt den warmen mantel unverweilt

Sankt Martin Sankt Martin Sankt Martin gab den halben still

der bettler rasch ihm danken will Sankt Martin aber ritt in eil

hinweg mit seinem mantelteil

스위스 역사의 현장
슈비츠 Schwyz

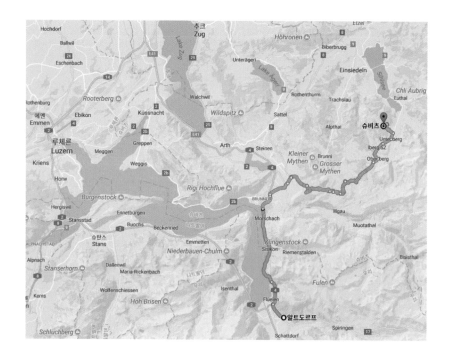

네비게이션에 슈비츠의 좌표를 입력하자 20㎞, 23분 소요됨을 안내한다. 루체른 호수의 우측 부분의 남쪽에서 북쪽으로 이어지는 호수를 따라 올라 갔다.

스위스라는 국가 이름 Switzerland 은 슈비츠 마을에서 기인한다. 슈비츠는 슈비츠 주의 주도인데 인구는 약 15,000명이다. 슈비츠는 걸어다니기에 좋은, 작은 마을로 마을 뒤에 V자형 큰 돌산이 특이하다.

1315년 슈비츠 주와 동맹을 맺고 있던 두 개 주가 힘을 합쳐서 오스트리아 세력을 스위스에서 몰아냈다. 16세기에는 슈비츠 남자들이 외국 용병으로 갔었는데 그들은 용맹함으로 부를 얻어 고향에 돌아왔다. 그리고 이것이 오늘의 슈비츠가 있게 한 원동력이다.

도시 중심에 연방 고문서 박물관 Bundesbrief Museum 이 있는데 '뤼틀리 맹약'의 서약서를 비롯한 고문서가 보관되어있다. 대부분 독일어를 사용하고 종교는 로마 카톨릭이다. 16세기 종교 개혁 시절에도 울리히 츠빙글리의 침입을 막아내고 가톨릭 신앙을 지켰으며 1845년 가톨릭 분리주의 전쟁에 참여하기도 했다. 시청건물 외벽에는 스위스 독립전쟁의 내용이 그려져 있다.

시청(Town Hall)

직장인 휴가를 이용한 서유럽 자동차여행

　시청에서 북서쪽으로 바로 앞에 카톨릭 교회인 슈비츠 세인트마틴 교회 kirche st.martin schwyz 가 있다. 역시 유럽에는 st.martin 이라는 이름의 교회가 많이 있다. 성당 건물은 회색의 아주 깔끔하고 큰 건물이었다. 안으로 들어가자 강단 정면에는 많은 조각상과 벽화가 그려져 있었고, 천장에도 성경의 내용을 주제로 한 벽화가 그려져 있었다. 다른 성당과 같이 아주 높은 천장 건물로 성당 안 뒷부분은 보수공사가 한창이었다.

　작은 도시에 이렇게 큰 성당을 보니 로마 카톨릭 교회의 영향력을 짐작해 볼 수 있었다. 넓은 광장을 중심으로 시청과 성당 그리고 사무실과 상가들이 옹기종기 모여 조화를 이루고 있었다.

✠

Switzerland

자유가 숨 쉬는 도시
취리히 Zurich

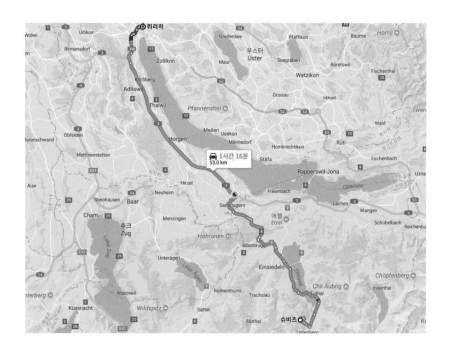

네비게이션에 취리히의 좌표를 입력하니 여기서 약 60km, 1시간 소요되는 것으로 나타났다.

트램과 자동차와 자전거 전용도로가 뒤섞여 있다

인구 약 40만의 스위스에서 가장 큰 도시이며 국제축구연맹 FIFA 이 있는, 취리히 주의 주도인 취리히로 출발하였다. 스위스의 다른 도시와 마찬가지로 취리히도 취리히 호의 북쪽 끝에 위치해 있고 스위스에서 세 번째 큰 호수로 길이 29㎞, 넓이 4㎞, 수심 140m이다. 16세기 취리히에서 종교개혁이 일어나 프로테스탄트의 도시가 되었다.

도로의 표지판에 취리히가 나타나기 시작할 때 차가 밀리기 시작하여 도시가 멀리 보이는 시점에서는 가다 서다를 반복하였다. 30여 분가량 차량 지체 후 시내로 들어갔다. 그런데 지체가 풀린 것이 아니다. 시내에 들어서자 차가 또다시 밀리기 시작했다. 시내에서 밀리는 것은 퇴근이 시작되는 시간 때문인지 잘 모르겠다. 취리히 도로에는 전철과 버스 전용도로, 자전거 전용도로가 뒤엉켜 아주 복잡했다.

루체른에서의 운전은 아무 것도 아니었다. 자동차와 자전거 전용도로가 있는 것은 똑같지만 큰 규모의 도시이다 보니 일방통행과 보행자들의 도로 횡단 등 주의해야 할 것이 많았다. 네비게이션 좌표를 취리히역에 맞추어 놓았기 때문에 주차장을 찾아야 하는 일도 중요하다. 일단, 역 부근의 상황을 파악하기 위해 역을 지나쳐 다시 돌아오기로 했다. 일부러 역 근처에서 사방으로 운전하여 도시 지리를 파악했다.

취리히역 앞 대형마트 뒷편 작은 노상 주차장에 주차하고 중앙역에서 두 번째 다리를 건너가는데, 다리 중간중간에 사진찍기 좋은 반원형 난간을 발견했다. 다리 양쪽으로 반원 모양이 툭튀어나와 있었다. 다리를 건너서 강 건너의 도시를 구경하고 다시 건너와 중앙역에 들어갔다. 우리가 지금까지 많이 보아 온 깨끗한 역이 아니었다. 1층은 거의 황량하게 뻥 뚫려 있었고 넓은 실내 창고 같았다. 2층으로 올라가서 화장실을 찾았는데 유료화장실이었다. 공공시설에서 유료화장실은 처음이다. 그래서 역 앞의 다리 입구에 있는 대형마트인 코프 coop 에 들어가서 과일, 빵, 우유를 사고 화장실을 찾으니 밖에 화장실이 있다고 하여 가보니 그곳도 유료 화장실이었다.

취리히에 있는 코프는 역 앞에 위치해서 그런지 규모가 엄청나게 컸다. 특히 과일이 많이 진열되어 있었고, 사람들로 발 디딜 틈이 없었다. 다양한 상품 중에서 우리나라 풀무원에서 나온 액티비아 컵 요구르트도 있었다.

취리히 중앙역

취리히는 인구가 다른 곳보다 상대적으로 많아서 그런지 몰라도 도로는 복잡하고, 많은 사람들로 북적였는데, 화장실이 유료인 것은 마음에 들지 않았지만 강을 끼고 있는 도시는 강과 조화가 되어 멋지게 보였다.

취리히의 하늘은 교회당 종탑이 차지하고 있었다.

프라우뮌스터 교회는 루트비히 2세에 의해 여자수도원으로 지어졌던 건물로 고딕양식으로 고쳐져 18세기에 시계탑이 만들어졌다. 마르크 샤갈의 스테인드글라스 작품이 많이 남아있다.

피터교회는 857년에 창건된 스위스에서 가장 오래된 교회이다. 종탑의 시계는 유럽에서 제일 큰데 직경 8.7m이다.

로스뮌스터 교회는 다른 교회와는 달리 탑의 끝이 뾰족하지 않고 둥근것이 특징이다. 1519년 종교개혁자 쯔빙글리가 시무한 교회로 스위스 종교개혁을 주도한 교회이다. 두 개의 쌍둥이 첨탑은 취리히의 랜드마크가 되었다.

(왼쪽) 프라우뮌스터 교회 / (가운데) 피터 교회 / (오른쪽) 그로스뮌스터 교회(Gross munster)

오른편 탑 2개는 그로스뮌스터 교회(Gross munster), 왼편 첫째 종탑은 프라우뮌스터 교회
(Fraumuinster), 왼편 두 번째 종탑은 성 피터 교회(St. peter kirche)

리마트강에서 호수 방향

취리히는 16세기의 종교개혁의 영향으로 종교, 문화 등 사회전반에 걸쳐
자유로운 사상이 전파되어 자유가 숨쉬는 도시가 되었다.

❚❚

France

고속도로 휴게소에서 하룻밤을

취리히 zurich 에서 파리로 출발하였다. 프랑스로 들어가 적당한 휴게소에서 하룻밤을 지내기 위해서다. 도시를 빠져나가는 데 많은 시간이 소요되었다. 취리히 도심에서 빠져나와 고속도로를 타기 위해 진입하기 직전의 도로인데 뒤에서 상향등을 번쩍거리며 비켜나라고 한다. 도로 표지판의 제한 속도가 30㎞인데 그 속도로 달렸다. 내가 프랑스나 스위스에서 운전하면서 제일 신경 쓴 부분이 자동차 속도와 자전거, 버스 전용차선이다. 경적을 울리며 따라붙는다. 그렇다고 양보해줄 내가 아니다. 끝까지 내 차선을 유지하자 뒤쪽 차는 우측차선으로 앞지르기를 하고 지나갔다.

스위스 도로교통법 위반이다. 유럽 사람은 이런 위협운전을 하지 않는다고 하는데, 유럽에서 4일째 운전하였지만 나도 이런 운전자를 전혀 보지 못했었다. 외국에서 운전한다는 것을 잘 느끼지 못할 정도로 편안했는데 오늘은 그렇지 않았다. 번호판을 보지는 못했지만 렌트카가 아닌지.

프랑스 국경 근처에 있는 바젤에서 차가 조금 더 달리자 국경에 세관이 나타났다. 올 때와 마찬가지로 아무도 없었다. 차는 그대로 국경을 빠져나와 계속 달렸다. 저녁 8시 40분경에 고속도로 휴게소 표시를 보고 들어갔다. 계속 달려서 파리 드골공항까지 가려면, 휴게소도 들리고, 주유도 하면 새벽

휴게소 상점

2시경에 도착하므로, 오늘 하루는 차에서 숙박하기로 했다. 고속도로를 벗어나 부근 호텔에서 자고, 다음날 출발해도 되지만 경험 삼아 휴게소에서 1박하기로 이미 국내에서 계획을 세웠다.

큰 슈퍼가 있고, 그 뒤편에 넓은 주차장이 있으며 주차장 출구 쪽에는 화장실이 있었다. 그 넓은 주차장에 주차되어 있는 차는 승용차 한 대와 트럭 한 대밖에 없었다. 하룻밤 숙박하기에 아주 좋은 휴게소였다. 본래 휴게소에는 2시간 초과하여 주차할 수 없도록 되어 있어 가끔씩 주차확인을 한다고 하지만, 2시간 전에 주차했는지 방금 주차했는지를 확인할 수 없으므로 하룻밤 차에서 자기로 했다. 화장실에 갔는데 문을 열고 들어가면, 남자와 여자 화장실이 구분되어 들어가는 문이 또 있다. 화장실은 아주 깨끗하고, 휴지도 잘 갖추어져 있었다.

프랑스와 스위스의 휴게소, 관공서, 관광지 주차장, 기차역에는 무료 화장실이 잘 갖추어져 있었다. 프랑스는 밤 9시가 넘어도 해가 지지 않아 여행하는 데 아주 도움이 되었다. 주차장 한쪽에는 나무 탁자가 놓여져 있어서 취리히 COOP에서 준비해간 것으로 저녁 식사를 했다. 조금 있으니 자업용 차량이 화장실 부근에 주차하고, 화장실 청소를 하고 떠났다. 아마 휴게소 화장실 관리 업체에서 관리하는 것 같다.

휴게소 위치를 알리는 표지판을 보니 이곳은 몽벨리아르 Montbeliard 와 브장송 Besancon 사이에 위치한 A36번 고속도로 휴게소인데 스위스 바젤에서 조금 떨어진 곳이다. 휴게소에는 가로등이 켜져 있어서 전혀 불안한 느낌은 없었다. 주위에 대형트럭이 한 대 주차하더니 조수석 뒤에 있는 전자레인지를 이용하여 무엇인가를 요리하는 것을 보았다. 아마도 나와 같이 국경을 넘어 계속 달려야 하는 사람인가 보다.

나는 자동차 앞자리에 의자를 뒤로 눕히고, 내 아내는 뒷자리에서 이불을 덮고 한 번도 깨지 않고 잠을 잤다. 휴게소에서 잠을 잔 사람은 우리 부부와 트럭 1대가 전부였다. 피곤해서 그런지 정말 잠을 잘 잤다. 우리 부부가 자동차에서 하룻밤을 지내기는 평생에 처음이었다.

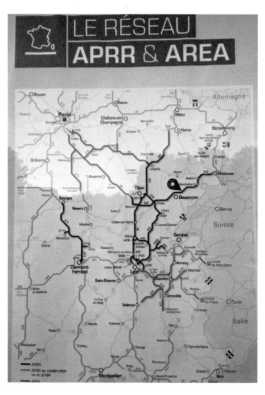

차에서 1박을 한 프랑스 휴게소에 있는 이정표

드골공항을 향해

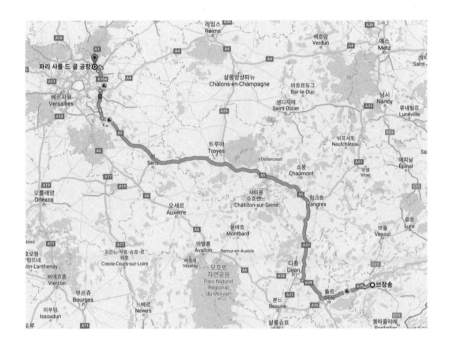

오늘은 6월 9일로 여행 마지막날이다. 오전 6시에 일어나서 가게 안에 있는 화장실에 갔다. 그런데 남자 화장실 입구에 화살표로 청소 중이므로 여자화장실을 이용하라고 되어있었다. 휴게소는 화장실 청소를 하면 남녀 화장실을 같이 사용하도록 하고 있었다. 나는 여자 화장실에 들어갔는데 참으로 어색했다. 태어나서 처음으로 여자 화장실에 갔다. 다른 사람들은 전혀 신경 쓰지 않는 것 같았다.

파리로 출발했다. 네비게이션에 440㎞, 4시간 11분 소요된다고 나타나는데 5시간 정도 예상하면 공항 근처에서 주유하고, 11시에 드골공항에 렌트카를 반납하면 비행기 출발시간이 오후 2시 10분이므로 3시간 전에 공항에 도착하게 되도록 일찍 출발하였다.

렌트카 반납시간을 비행기 출발시간과 동일하게 하였다. 이른 아침인데도 대형 트럭들이 많이 다니고 있었다. 조금씩 비가 내렸다 그쳤다를 반복하였고, 고속도로 최고속도 130㎞를 넘나들며 달렸다. 사실, 비가 내리면 차량을 감속해야 한다. 시속 130㎞ 는 일기가 정상적일 때 기준이다. 통행료 납부를 세 번 했는데 실수 없이 모두 잘 처리되었다. 마지막 계산할 때는 남아있는 동전을 모두 사용하였다. 동전을 넣을 때마다 추가해야 할 금액이 표시되었다. 외국에서의 렌트카 이용은 주차문제, 통행료 납부 문제, 도로교통법의 문제가 스트레스였는데, 이제 좀 적응되니 돌아갈 시간이다.

휴게소에서 출발할 때 공항 근처 주유소의 네비게이션 좌표를 입력하고 출발하였다. 렌트카 보험에 **FPO** Fuel Purchase option 즉, 연료 한 탱크를 미리 구입하는 보험에 가입하지 않았기 때문에 연료를 채워서 반납해야 하기 때문이다.

파리에 가까이 갈수록 교통량이 늘어났고, 도심 가까이 접어들자 우리나라 도시의 출근 시간과 같이 차량이 많아지기 시작했다. 처음에는 조금 있으면 정체가 풀릴 것이라는 희망을 가졌으나 시간이 갈수록 계속 더 밀렸다. 드골공항이 파리시 외곽에 있으므로 차가 밀릴 것이라는 생각조차 하지 않은 터라 당황했다. 1시간 가까이 지체되고 마음이 급해서 드골공항 1터미널을 네비게이션에 좌표 입력하고 출발하였다. 조금 가다가 보니 주유소가 나타났는데 공항 바로 입구에 있었다. 공항 입구라고 해도 주유하기 위해서는 차를 유턴해야 하므로 그냥 그대로 지나쳤다. 유류비보다 많은 비용을 렌트카 회사에 물어야 하지만 그것을 감수하기로 한 것은 비행기 출발이 2시간 밖에 남지 않았는데, 1터미널 원통형 건물에 주차할 때 실수하여 시간을 더 소비하면 출국에 문제가 발생할 수 있기 때문이다. 드골공항 정문을 들어왔는데도 한참을 가서야 드디어 구글 지도에서 보던 둥근 원통형 건물이 보였다. 이보다 더 반가운 일이! 렌트카는 정확하게 1터미널 주차장으로 올라가는 오르막길에 접어 들었다.

렌트카 반납

나는 차 운전하면서 도로 위 천장에 표시된 안내판 내용과 좌측의 상황을 파악하고, 내 아내는 우측의 렌트카 표시를 찾는 합동작전을 전개하였다. 차는 렌트카 주차장으로 들어가서 Hertz 렌트카 회사가 사용하는 주차 구역에 주차하자 직원이 나타났다. 11시 30분경 도착하여 렌트할 때 받은 영수증을 직원에게 보여주자 차 시동을 걸고, 계기판을 보면서 체크를 하더니 바로 옆에 있는 작은 사무실 컴퓨터에서 작업 후 영수증을 주었다. 차 외부에 몇 군데 찍힌 자국이 나 있었지만 상관하지 않았다 이 자국은 본래부터 있었음.

영수증에는 5일간 1,933㎞를 주행하였고, 연료 미보충에 따른 추가금액이 36.50 Eur 약 5만 원 가 신용카드로 결제된다는 내용이다. 유류가 1/5정도 남아 있었으므로 그 정도는 이해가 되었다. 앞으로도 주유소가 보이지 않으면 차라리 연료 미보충에 따른 금액을 납부하거나 아예 보험 계약시 추가금액을 지불하여 연료 보충에 따른 신경을 쓰지 않아야겠다고 생각이 들었다.

에어차이나 탑승 수속은 어디서 하느냐고 렌트카 직원에게 물었더니 2층으로 내려가라고 했다. 자동차를 반납하자 그동안의 긴장이 확 풀렸다. 불안감과 긴장감에서 해방되었다는 표현이 맞는 것 같다. 출국 2시간 전으로 출국수속 밟는 데는 문제가 없다. 공항은 우리나라의 여름 휴가철의 공항 모습같이 사람들로 차고 넘쳤다.

렌트카 반납을 위해 진입(우측 오르막길)

|파리 드골공항 1터미널 렌트카 반납 방법|

　1터미널 우측으로 올라가면 택시 승강장이 보이고, 택시 승강장에서 우측으로 올라가면(좌측으로 들어가면 안 됨) 렌트카 차로 표시가 천장에 달려있는 좌측으로 진행하여 주차카드를 뽑고 진행하면 세 갈래 차로가 나오는데 우측 차로로 들어가서 미리 뽑은 주차카드를 차단기에 넣고 올라가면 우측으로 렌트카 주차장이 보임.

　우측 렌트카 주차장에 들어가서 해당 렌트카 회사를 찾아(렌트카 회사 합동 주차장으로 회사 이름을 크게 써 놓아 쉽게 찾음) 주차하면 직원이 나옴.

인파를 뚫고 중국국제항공의 카운터에 가서 여권을 제시하고 항공권을 발급받았다. 큰 가방 두 개를 김해공항 항공권에는 부산공항으로 표기됨 으로 보내고 건물 밖으로 나가서 기념사진을 찍었다. 출국심사대의 대기줄이 길게 늘어져 있어서 한참을 지난 후에 심사대를 통과하였다.

귀국길에 오르다

오후 2시 10분에 비행기가 이륙하여 중국 북경공항에 다음 날 오전 6시 30분에 도착하였다. 통과여객 전용 수속코너로 가서 출입국 심사 후 탑승 게이트로 이동하였다. 이동 중에 보니 탑승 게이트가 있는 중간에 마사지를 하는 곳이 있었다. 유리 칸막이로 밖에서 볼 수 있도록 되어 있었는데 공항 탑승장 안에 이런 시설은 처음 본다. 비행기는 08:25에 북경을 출발하였다.

파리에서 타고 온 비행기보다 작은 비행기였고 기내식이 제공되었는데 나는 흰 죽을 선택하여 먹었다. 이제 비행기 타는 것도 익숙해져서 불편하지 않았다. 비행기는 김해공항에 11:45에 도착하였다. 파리와 북경의 시차는 북경이 6시간 빠르고, 우리나라는 북경보다 1시간 빠르다. 북경국제항공은 앞좌석과 간격이 넓다는 느낌이 들었고, 개인별 모니터도 있어서 지루한 줄 몰랐다. 또한 비행기 착륙도 매끄럽게 잘하여 전체적으로 좋은 느낌을 받았다.

20년 전에는 비행기가 공항에 착륙하면 승객들이 모두 박수를 쳤는데 언제부터인가 사라졌다.

북경수도국제공항과 김해공항으로 타고 갈 비행기

출국수속을 밟고 와이파이 도시락을 3층 수화물센터에 반납하고 공항 리무진 버스를 타고 창원으로 귀가하였다. 월요일에는 은행에 가서 남은 돈 환전과 동전도 환전하였음 '여행과 지도'에서 빌린 가민 네비게이션을 택배로 발송하였는데, 이틀 뒤에 예치금 20만 원이 입금되었다. 또 네이브 N클라우드를 개설하여 여행사진을 받아 놓아 만약의 사고에 대비하였다.

지금은 여행을 마친 지 6개월째 되었는데, 현재까지는 자동차 속도위반 고지서가 날아오지 않은 것 또한 작은 기쁨으로 간직하면서 글을 쓴다. 교통법규 위반시 2개월 안에 범금 납부통부가 오는데, 이에 앞서 교통국에 렌트카 회사의 고객정보 제공에 따른 수수료 납부 통보서가 오는데 모두 해당 계좌에 입금하면 된다고 한다.

나가는 말

10일간의 짧은 여행이었지만 이번 여행을 통해 가족의 소중함을 일깨우는 계기가 되었고, 3년 뒤 직장 퇴직 후 펼쳐질 새로운 환경에 대한 개척과 적응을 잘할 수 있을 것 같은 근거 없는 막연한 자신감도 들었다. 아는 사람이 전혀 없는 곳으로의 여행을 위해 나 혼자의 힘으로 계획하고, 낯선 문화에 적응하는 모든 행동방식을 통해 내 자신에게 던지는 메시지는 강렬하다.

"제가 5개국을 책임지겠습니다."

이 말은 내가 아들에게 "내 평생 30개국을 다녀오는 것이 목표인데, 이제 23개국을 다녀왔다."고 하자 여기에 대한 답변이다. 이 여행을 3개월 동안 준비하였다. 아쉬운 점은 여행지에 대한 세밀한 정보를 가지고 가야 하는데 그렇지 못했다.

스위스 여행의 경우 여행 경로의 큰 그림만 그려 놓고 대부분 당일 오전에 출발하기 전 컴퓨터로 검색하여 방문지를 결정함에 따라 놓치는 부분도 있었다. 루체른 방문시 캠핑장에서 무료로 나눠준 관광안내책자를 보고 갔기 때문에 많은 사람이 즐겨 찾는 곳이 아니지만 카펠교 근처에 있는 슈퍼로이어 다리를 가보지 못한 것과 취리히 방문시 중앙역까지 보았는데 그 부근에 있는 반호프 거리를 가보지 못한 것도 이러한 이유 때문이다.

최근에 본 영화 〈미스 슬로운 Miss sloane 〉에 이런 내용이 있다. 이것은 영화의 주인공이 자신의 사무소 부하 신입 직원들에게 들려준 이야기이다.

어느 날 신부가 자신의 승용차로 젊은 수녀를 집에 데려다 주고 있었다. 신부가 기어를 바꾸면서 실수인 척 수녀의 무릎에 손을 슬쩍 올려놓았다. 그러자 수녀가 얼굴이 벌게져서 신부를 보고 말했다.

"신부님, 누가복음 14장 10절입니다."

이 말을 들은 신부는 손을 얼른 거두었다. 자동차가 한참 진행하다가 신호등에 멈추었을 때 또다시 신부는 실수를 가장하여 오른손을 수녀의 허벅지에 올려놓았다.

그러자 수녀는 신부에게 다시 말했다.

"신부님, 누가복음 14장 10절이라니까요?"

성경 말씀으로 자신의 잘못을 깨우쳐 주고 있다고 생각한 신부는 얼른 손을 거두면서 사과했다.

"육신이 연약해서 그렇습니다. 미안합니다."

신부는 수녀를 목적지에 내려다 주고 자신의 숙소로 돌아와서 성경을 펴서 누가복음 14장 10절을 찾기 시작했다. 도무지 무슨 내용이 있는지 알 수 없었기 때문이다. 성경을 찾은 신부는 깜짝 놀랐다.

'벗이여 올라앉으라 하리니 그때에야 함께 앉은 모든 사람 앞에 영광이 있으리라'

신부는 그때서야 수녀가 말한 의도를 알아차렸다.

이야기를 마친 영화의 주인공이 부하 직원에게 "내일 출근할 때 법조문을 완벽하게 외워오라."고 했다.

다음에 기회가 된다면 더 완벽하게 준비해서 출발해야겠다.

유럽은 가는 곳마다 교회와 성당이 있어서 스위스의 '라우터브루넨'과 '슈비츠'에서는 성당 안에 들어갔지만, 나머지는 들어가지 않거나 멀리서 보았다.

6일 직장휴가로 떠난 9박 10일 자유여행은 이렇게 간단하게 한 번 다녀올 수 있다는 것을 확인하였다. 승용차로 5일간 약 2,000㎞를 달렸는데, 적당한 거리를 달린 것 같다. 운행 중 길을 한 번 잘못 들어간 것 외에는 특별하게 실수한 것은 없었고, 건강하게 여행을 마친 것에 만족한다. 귀국 후 여행에 대한 후유증이 전혀 없는 것도 감사할 일이다. 적은 경비로? 평상시 내가 가고 싶은 곳을 아내와 같이 찾아다닌 여행은 향후 장기여행에 대한 자신감을 가져다 주었다는 것이 제일 큰 수확이다. 이 글을 쓰는 지금 내 아내가 나에게 말했다.

"여행 다닐 때 당연하다고 생각된 것들이 여행이 끝난 지금, 더 감동으로 다가온다."

나는 '인터넷과 휴대폰이 없는 세상이 가장 인간다운 삶을 살 수 있는 세상이다.'는 생각을 평상시에 하고 있었다. 그러나 여행준비만큼은 예외다. 인터넷을 통해 정보를 확인하고 예약하고, 지도를 검색하여 일정을 계획하고, 필요한 자료를 요청하는 꼭 필요한 도구이다.

유럽은 서유럽 여행 인프라가 잘 갖추어진 곳이다. 딱히 뭐하나 불편한 점은 없었다. 이번에 호텔과 캠핑장 예약 사항 중 수정할 사항이 있어 메일로 연락하면 바로바로 처리 결과에 대한 답신을 보내왔다. 스위스 관광청에 관광지 자료 요청을 메일로 보냈는데 1주일 뒤에 국제우편으로 자료가 왔다. 지금도 매월 2~3차례씩 스위스의 페스티벌 등 축제 안내와 알프스의 계절 변화에 따른 체험 자료 등이 메일로 오고 있다. '유럽은 관광으로 먹고사는 나라'라는 말이 체험적으로 느껴졌다.

몇 년 전 서울에 갔을 때 시간이 많이 남아 지하철을 타려고 지하 역사에 내려갔다가 움직이는 동선이 너무 복잡해서 포기한 적이 있다. 그러나 프랑스에서 지하철 타는 것도 어렵지 않았다. 우리는 쉬운 것을 너무 어렵게 표시하는 것 아닌지, 어려운 것도 쉽게 표현하는 지혜가 필요하고, 또 유럽 사람들은 행동이 너무 여유가 있었다.

주유소에서 주유를 4번 했고 고속도로 톨게이트에서 계산을 8번 했는데, 그때마다 뒤에 있는 차가 재촉하거나 부담을 준 적은 한 번도 없었다. 그리고 10㎞ 정도마다 고속도로 간이 휴게소가 반드시 있어서 쉬어갈 수 있도록 배려한 점도 눈에 띈다. 이러한 시설 환경 때문에 여행 내내 사고 차량을 본 적이 없었고 교통경찰도 본 적이 없었다. 여행을 통해서 여유에 대해 다시 한 번 생각하는 기회가 되었다.

"여유는 저절로 생기는 것이 아니라, 만들어 가는 것이다."

우리의 여행 준비

여행 전 준비

❶ 여권

- 구비서류 : 여권발급신청서, 여권용 사진 1매(6개월 이내에 촬영한 사진. 단,
  전자여권이 아닌 경우 2매) 신분증
  ※18세 미만자, 군인 등은 추가 서류가 필요함

- 병역관계서류
  · 25세~37세 병역미필 남성 : 국외여행 허가서
  · 18세~24세 병역 미필 남성 : 없음
  · 기타 18세~37세 남성 : 주민등록 초본 또는 병적증명서(행정정보 공동 이
    용망을 통해 확인 가능한 경우 제출 생략)

- 접수처 : 전국 여권 사무대행기관 및 재외공관
- 수수료 : 신청기관, 단수, 복수여권에 따라 금액이 다름

❷ MG 해외여행보험(단기플랜)

- 주소 www.mggeneralins.com
- 가입시기 : 출국 2개월 전부터 가입됨
- 가입문의 : 1661-0123(09:00~18:00)
- 해외여행 중 상해·질병 등 상담 : 02-3449-3512(24시간 연중무휴)
  · 여행 중 의료지원서비스, 휴대품 및 여권 분실 시 처리 등

❸ 국제면허증 발급

– 발급처 : 경찰서, 운전면허 시험장

– 준비물 : 여권, 사진 1장, 면허증

– 국제면허증 유효기간 : 발급일로부터 1년

❹ 렌트카 예약 및 네비게이션 대여

– 렌트카, 네비게이션 : 여행과 지도(http://www.leeha.net)

　· hertz 한국 사무소(https://www.hertz.co.kr)에서 예약 가능

– 가민 네비게이션(한국어 지원됨)

　· 출국 3일 전에 택배로 배달

❺ 교통편 티켓 및 입장권 구입

– 상호 : 소쿠리 패스(http://paris.socuripass.com)

– 구입 내용

　· 런던 1일 관광(유로스타 및 현지 버스투어 티켓)

　· RER 기차표

　· 에펠탑 및 베르사이유 궁전 입장권

　· BIG BUS 2일 티켓(파리 관광)

　· 방법 : 인터넷으로 구입(택배로 배달됨)

❻ 숙소 예약

– 호텔 : 부킹닷컴(www.booking.com)

– 캠핑장 : 해당 캠핑장 홈페이지

❼ 와이파이 도시락

– 3~4일 전 예약(http://www.widemobile.com)

– 수령 : 출국 당일 / 김해공항 국제선 3층(수하물 센터)

– 반납 : 입국 당일 / 수령처에 반납

❽ 항공권

– 웹투어(항공권 판매) http://www.webtour.com

– 가능한 6개월 전에 구입

❾ 기타

– 휴가 기간에 따른 여행지, 여행방법 및 기간 확정(일정표, 예산서)

– 사진 2매 및 여권 복사본(여권 분실 시 재발급)

– 렌트카 수령시 : 신용카드(성명이 요철 되어 있는 외국에서 사용가능한 것
 / 비자, 마스터), 운전면허증, 국제운전면허증

– 구글지도 다운로드

– 여행국 관광청에 자료 요청

– 여행 국가의 주차시스템, 통행료 납부방법, 도로교통 법규 등 확인

– 노트북, 스마트폰 셀카봉, 손목시계

– 전기담요, 이불, 전기밥솥, 만능 유럽형 콘센트 및 캠핑장용 20m 릴선 등

– 환전(유로 및 스위스 프랑)

– 칼 등 요리기구

– 참치, 김, 김치, 김, 라면 등

– 옷, 운동화, 샌들, 우산

– 약(두통약, 치통약)

현지에서 구입

① 텐트(2~3인용) / 데카트론에서 구입(파리)

② 캠핑장용 3구 콘센트

③ 식료품 등

④ 비넷(스위스 고속도로 통행권), 타임테이블

고속도로 톨게이트,
주유소, 주차장 이용 방법

 고속도로 톨게이트 이용

　프랑스, 스위스 전체가 무인 톨게이트이다. 방식은 우리나라와 똑같지만 헷갈린다. 현금이나 카드를 사용할 경우에도 직원이 받지 않고 기계조작으로 납부하기 때문이다.

❶ 통행권 뽑기

- 고속도로에 진입하여 통행권을 뽑는다(하이패스 차량은 그냥 지나감).
  버튼을 누르면 통행권이 나온다.
- 일부 구간은 티켓을 뽑지 않았는데 계산하는 톨게이트가 나왔다.

❷ 계산하기

- 출구 톨게이트에서 계산.
- 주황색 't' 표시만 된 곳은 우리나라로 치면 하이패스 차량이 지나가는 곳.
- 주황색 't'와 녹색 화살표(⬇)가 있는 곳은 하이패스와 모든 차량이 진입 가능.
- 카드, 현금 모두 가능(카드가 그려진 곳은 카드만 가능).
- '€' 표시가 된 곳은 현금만 가능하다.
- 초록색 화살표(⬇)는 카드, 동전, 지폐 모두 가능하다.
  ① 통행권을 통행권 투입구에 넣는다.
  ② 신용카드, 혹은 현금(동전 혹은 지폐)을 넣는다.
  ③ 영수증 버튼을 누르면 영수증이 나온다. 중단할 경우는 멈춤(빨간색) 버튼을 누름.
- 기계에 어어서택이 있어서 누르면 순서대로 설명이 나오는데(한국어는 없음), 설명을 보지 않더라도 지폐, 동전 그림이 있음.
- 처음 해 보면 설명과 같이 간단하지 않음(카드 미인식 등).

– 순서대로 했음에도 처리되지 않을 경우, 호출 버튼을 누르면 관리자가 나와서 해결해 줌.

고속도로 통행료 납부 방식
– 무료 : 독일, 벨기에, 네덜란드, 룩셈부르크
– 비넷(Vignette, 기간별 통행료) : 스위스(1년), 오스트리아, 체코(10일), 슬로베니아(7일)
– 유료 : 나머지 국가들(구간별 통행료)

 주유소 이용

모든 주유소는 셀프이며, 계산 방법은 주유 후 사무실에서 계산하는 방식과 주유기에 직접 카드를 넣어 계산하는 두 가지 방법이 있다.

주유 후 사무실에서 계산 방법
① 주유구의 뚜껑을 열고 주유할 종류를 선택하여 주유구에 꽂아 레버를 잡아당긴다.
· 휘발유와 디젤유를 잘 확인하고 주유해야 하는데 렌트카 열쇠 및 자동차 주유구에 유류의 종류가 적혀있음.
· 디젤(Diesel)은 프랑스에서 Gazole로 표기하는 경우가 있음.
· 휘발유는 Gasoline으로 그대로 표기함.
· 디젤은 노란색 손잡이, 휘발유는 녹색 손잡이다(숫자가 적혀 있는 것은 휘발유, 물론 녹색 손잡이다).
② 카운트 되는 금액을 보고 주유를 멈추고 주유구 뚜껑을 닫은 후 결제가 끝날 때까지 차는 그대로 두고 사무소에 들어가서 주유기의 번호를 이야기하면 카드로 결제함(가득 차면 딸깍 소리가 나면서 주유가 멈춘다).

주유기에서 계산 방법
① 주유기의 카드 투입구에 신용카드를 투입한다.
② 유류를 넣으면 자동으로 계산하여 영수증이 발급된다.

주차장은 전체가 무인 주차장임

실외 주차(노상)

① 주차기에 표시된 최대 주차 시간 및 요금을 확인하고 동전을 넣으면 요금에 맞는
영수증이 발급된다.

· 차량 번호를 입력해야 하는 기계도 있었다(스위스).

· 주차한 곳의 번호(차량 주차선 안에 숫자로 표시되어 있음)를 입력하고 계산
하는 기계도 있었다.

② 영수증을 밖에서 볼 수 있도록 차 안의 앞유리 밑에 둔다(차량에 따라서는 주차권
을 발급하지 않는 곳도 있음).

실내 주차

① 주차장에 들어가면서 주차표를 발급받는다(뽑는다).

② 나올 때는 주차장 입구 등에 주차요금 정산기가 있어서 주차표를 기계에 넣고 해당
금액을 넣으면 영수증이 나온다.

③ 이 영수증을 가지고 차량을 운전하여 나가, 차단기 있는 곳에 주차권을 넣으면 된다.

여행 전 참고하면 도움이 될
인터넷 사이트

해외여행을 준비 중이거나 한 번이라도 다녀온 사람은 알고 있는 내용이지만 정리하는 차원에서 나열했다. 해외여행이 아니더라도 평소에 인터넷 여행에도 참고하면 좋을 내용이다.

좌표 찾는 법

네비게이션에 주소를 입력해도 되지만 제일 정확한 것은 GPS를 통한 검색이다.
① 구글 지도를 불러온다.
② 해당 지역을 입력하여 조회한다.
  정확한 명칭을 입력하여 조회하지 않더라도 어떤 지역의 지도를 마우스로 드래
  그하여 불러와서 해당 지역을 찾아 클릭해도 된다.
③ 해당 지역 이름에 마우스를 갖다 놓고 마우스 우측을 클릭한다.
④ '이곳이 궁금한가요?'를 클릭한다.
⑤ 화면에 명칭, 주소, 좌표가 뜬다(10진수 좌표).
  10진수 좌표를 다시 클릭하면 화면 왼편에 60진수, 10진수 좌표가 나타난다.
  네비게이션에 따라 두 가지 좌표를 모두 입력할 수 있는 것도 있지만, 유럽에서
  많이 사용하는 톰톰과 가민(Garmin) 네비게이션은 60진수만 입력하도록 되어
  있다.
  ex) "48° 56'54.12"N, 2°40'16.27"E"를 입력할 경우 해당 좌표 입력하는 곳에 숫자
    만 입력하면 된다. E 부분을 입력할 때는 앞에서부터 순서대로 입력하고 마지막 숫
    자는 입력할 칸이 없으므로 입력하지 않는다.

구글지도 활용(https://www.google.co.kr)

① 지역과 지역간의 거리와 소요시간을 알 수 있다.

여러 경로가 나타나므로 그중 하나를 선택하면 된다(지체구간 등 감안하여).

옵션을 누르면 경로 선택지 제외 대상이 뜨는데 제외할 부분은 선택한다(유료 도로 등).

· 자동차, 기차, 도보 등 여러 경로를 선택할 수 있다.

· 방문하고자 하는 지역을 계속해서 연결해 거리와 시간을 확인하려면 '목적지 추가'를 누르면 목적지를 계속해서 등록하여 종합적인 거리와 시간을 알 수 있다.

② 여러 경로 중 하나를 선택하면 세부 경로가 나타나고, 세부 경로를 클릭하면 거리를 볼 수 있는 '스트리트 뷰' 사진이 나타나고, 사진을 클릭하면 나타나는 화면에 마우스를 클릭하여 진행하면서 실제 거리 모습을 볼 수 있다.

· 실제 경로를 그대로 따라가므로 연습해보면 재미있다. 좌우에 펼쳐진 사진도 볼만하다.

세부 경로가 너무 자세히 나와 있어서 집에 앉아서 세계 대부분의 모습을 입체적 사진으로 볼 수 있다. 기차역이나 터미널에서는 기차나 버스 시간표 등도 게재되어 참고할 수 있다. 나는 평상시에도 구글 지도를 통해 세계 여러 지역을 검색하여 인터넷 관광을 하고 있다.

③ 그리고 해당 지역의 풍부한 사진이 몇백 장씩 올려져 있어서 사진을 통해 해당 지역의 유명 건물들과 경치를 감상할 수 있다.

KBS 여행지도

KBS TV의 '걸어서 세계 속으로'라는 지도검색을 통해서 세계 곳곳의 입체적인 도시 현장을 볼 수 있는데 사진이 선명하여 검색하면 재미가 있다. 너무 잘 만들어서 감동적이기까지 하다. (http://travel.kbs.co.kr)

구글 번역기

　세계 각국의 언어를 번역, 여행지의 외국어 설명을 무슨 말인지 알 수 있을 정도는 된다. 언어 선택의 '언어 감지'를 선택하면 자동으로 언어의 종류를 감지하여 해석한다. 나의 경우 특히 불어와 독어(스위스) 해석에 도움이 되었다. 단어, 문장은 물론이고 인터넷 주소를 입력하면 해당 홈페이지가 그대로 번역된다. 가끔씩 자료를 찾다 보면 생소한 언어인 라틴어도 나타나는데, 정말 좋은 사이트이다. (https://translate.google.com/)

Michelin 지도

　주유소, 주차장 등 검색하여 길을 찾아가는 루트 확인 및 도로를 확인할 수 있다. 아주 작은 도로까지 확인가능함. (https://www.viamichelin.co.uk/web/Maps)

유럽 캠핑장 검색

- 유럽 31개 나라의 약 1만 개의 캠핑장을 안내하고 있다.
  - 프랑스 2799, 스페인 522, 독일 1153, 이탈리아 864, 벨기에 147, 포르투갈 110, 오스트리아 301, 그리스 145, 크로아티아 152, 폴란드 122, 영국 650, 네덜란드 1126 등
  - 개인의 취향에 따라 캠핑장을 검색할 수 있고, 캠핑장 이름을 모르더라도 해당 국가와 지역을 불러내어 캠핑장을 찾을 수 있다. (https://www.eurocampings.co.uk/)
- EFCO&HPA
  http://www.campingeurope.com
- Camping Europe & America & Australia
  http://www.campingcompass.com

PARISAÉ ROPORT(공항 홈페이지)

  파리공항관리공단 홈페이지에 들어가면 드골 공항과 오를리 공항의 출입 방법과
터미널 지도 등 모든 정보가 제공되고 Paris city guide를 제공하며, 언어선택에 한
국어도 있다. (http://www.parisaeroport.fr/)

기타 스마트폰 어플리케이션 설치

'Play 스토어'에서 대부분 무료로 다운받을 수 있다.
– 번역기
   지니톡(GenieTalk)과 구글 번역기는 음성을 양방향으로 번역하지만 사진에 있
   는 내용도 번역할 수 있는 장점이 있다. 단점은 인터넷이 작동해야 기능을 사용
   할 수 있다.
– 길 안내에 '네이버 지도' 혹은 '맵스 미'(Maps.ME)도 많이 사용한다.

VOUCHER 및 영수증 모음

VOUCHER

VOUCHER NO. SOC-1492675892

Product	The Eiffel Tower / Guided tour for individuals	Product Code	ET-GT
Date	02 JUN 2017 (Fri)	Time	12:00
LeadTraveler	MR/KIM/HUN		
Total	2 PAX / AD:2, CH:0		
Ref No.	591565(Groupe A)	Language	ENGLISH
Remarks			

Administration use only
▶ Payable by Socuri
Please provide your service to whom holds this voucher.
In case owf problem, please contact with SOCURI, Tel +82 70 87 87 36 70

– 본 투어는 90분 동안 진행됩니다.
– 미팅포인트 도착 후 가이드분께 이 바우처를 제출하시면 서비스를 받을 수 있습니다.
– 시간을 지키지 못해 이용하지 못한 경우 환불이 불가능하오니 유의하시기 바랍니다.
  시간 전에 미리 도착하시길 권장합니다. 15분 전 도착하여 예약확인 부탁드립니다.
– 바우처 발송 후, 이용일시 변경 및 취소, 환불이 불가합니다.
– 미 사용으로 인한 환불은 불가합니다.

주소 : La tour eiffel paris 파리 에펠탑
Tel : +33 1 42 46 92 04 (저녁 또는 주말 +33 (0)1 73 03 07 07)
미팅포인트 : 에펠탑 북쪽 입구(Entree Pilier Nord), 귀스타브 에펠 흉상 앞
             구글지도에서 확인하기

VOUCHER

Global Travelpass Experts
SOCURI PASS

VOUCHER NO. SOC-1493009955

Product	BigBus Paris / 2Day – Premium Ticket	Product Code	BB
Date	02 JUN 2017 (Fri)	Time	00:00
LeadTraveler	MR/KIM/HUN		
Total	2 PAX / AD:2, CH:0		
Ref No.	SOCURI	Language	KOREAN
Remarks			

Administration use only
▶ Payable by Socuri
   Please provide your service to whom holds this voucher.
   In case of problem, please contact with SOCURI, Tel +82 70 87 87 36 70

- 본 바우처는 2018년 03월 31일까지 유효합니다.
- 정류장에 있는 스태프 또는 탑승 후 버스 기사님께 바우처를 제출하면 서비스를
  받을 수 있습니다.
  ☞ 빅버스 노선정보 상세보기
- 바우처는 반드시 출력하여 사용하여 주시기 바랍니다. (스마트폰, 태블릿PC
  등 불가)
- 24시간이 아닌, 이용일자로 계산됩니다.
- 상품 특성상, 구매 후 교환이나 환불이 불가합니다.

주소 : 11 Avenue de l Opera, 75001 Paris
Tel : 33 (0)1 42 61 24 64 구글지도에서 확인하기

VOUCHER

VOUCHER NO. SOC-1491547526

Product	London One Day Tour / Eurostar Tour	Product Code	EL
Date	04 JUN 2017 (Sun)	Time	07:30
LeadTraveler	MR/KIM/HUN		
Total	2 PAX / AD:2, CH:0		
Ref No.	1713873	Language	ENGLISH
Remarks			

Administration use only
▶ Payable By Socuri
  Please provide your service to whom holds this voucher.
  In case of problem, please contact with SOCURI, Tel +82 70 87 87 36 70

- 본 투어는 PARISCityVISION과 함께합니다. 미팅포인트(Gare du Nord)에 서 PARISCityVISION 스탭에게 이 바우처를 제출하시면 서비스를 받을 수 있 습니다.
- 시간을 지키지 못해 출발하지 못한 경우 환불이 불가능하오니 유의하시기 바랍니다. 시간 전에 미리 도착하시길 권장합니다. 30분 전 도착하여 예약확인 부탁드립니다. 출발시간 10분 전에 보딩이 마감됩니다.
- 타 국가의 여행이므로 여권을 항상 소지하시기 바랍니다.
- 런던에 도착해서는 런던 시간으로 시간을 변경해 주시기 바랍니다. (런던과 파리의 시차는 -1시간입니다. / 런던이 1시간 빠릅니다.)
- 바우처 발송 후, 예약 날짜 및 서비스 변경시 변경 수수료 10유로가 부과됩니다.

– 취소수수료 안내
  현지 이용일 기준 11일(주말/공휴일제외 영업일) 전까지 취소 및 변경 통보 시
  상품금액 환불 | 취소수수료 10유로 별도부과
  현지 이용일 기준 10일~4일(주말/공휴일제외 영업일) 전까지 취소 및 변경 통
  보시 상품금액 50% 환불| 취소수수료 10유로 별도부과
  현지 이용일 기준 3일~2일(주말/공휴일제외 영업일) 전까지 취소 및 변경 통보
  시 상품금액 30% 환불| 취소수수료 10유로 별도부과
  현지 이용일 기준 1일 전~당일(주말/공휴일제외 영업일) 취소 및 변경 통보시
  에는 전액 환불불가

주소 : Gare du Nord,18 Rue de Dunkerque, 75010 Paris
Tel : +33 1 42 60 30 01
파리 북역 Gare du Nord, 탑승구역 에스컬레이터 하단 the foot of the
escalator leading to the boarding area
미팅포인트 → 상세 보기 구글지도에서 확인하기

Camping Jungfrau 예약 회신

Booking confirmation
보낸 사람 Camping Jungfrau 〈info@campingjungfrau.swiss〉
보낸 날짜: 17.05.30 06:46

Good morning,

thank you very much for your booking request. We are very pleased to hear that you would like to stay with us.

We confirm your booking as follows:

Arrival: 6th June 2017 - Departure: 7th June 2017 (1 night)

1 pitch with electric hook-up for your medium sized tent and your car

According to your details your stay with us will be CHF 51.90 per night.

This rate includes all taxes, hot water showers, electricity and wifi. You have to bring your own tent and camping equipment.

We don't request a deposit for your stay but please kindly let us know if your travel plans will change.

We are looking forward to welcome you on our campsite.

Best regards, Severine Klug

Reservations and Guest Relations

Activities & Booking Expert

Camping Jungfrau Holiday Park

Weid 406, 3822 Lauterbrunnen

Tel. +41 33 856 20 10 ｜Fax +41 33 856 20 20

info@campingjungfrau.swiss ｜www.campingjungfrau.swiss

Lauterbrunnen｜ Jungfrau Region ｜Berner Oberland ｜Switzerland

cid:image001.png@01D29660.68F4DBB0Follow us on Facebook / Twitter / Instagram / YouTube /

Von: info@camping-jungfrau.ch [mailto:info@camping-jungfrau.ch]
Gesendet: Sonntag, 28. Mai 2017 17:39
An: Camping Jungfrau <info@campingjungfrau.swiss>
Betreff: Reservationsantrag Sommercamping
Reservationsantrag Sommercamping vom 28.05.2017 5:38:Uhr

Sprache   : en
Anreise   : 06.06.2017
Abreise   : 07.06.2017
Anzahl Erwachsene : 2
Anzahl Autos   : 1
Anzahl Zelte mittel : 1
Stromanschluss?   : Ja
Nachname   : KIM
Vorname   : HUN
Adresse   : 79, Samjeongja-ro, Seongsan-gu

PLZ Ort   : 51470 Changwon-si
Land   : SOUTH KOREA
Telefon   : 0104560****
Telefax   :
E-Mail   : kh8701699@hanmail.net
Zahlungsart   : Kreditkarte
Kartentyp   : MasterCard
Karteninhaber   : kim hun
Kartennummer   : **** **** **** ****
gültig bis   : 03/2022
Wünsche/Anregungen oder sonstige Bemerkungen:
Keine Angabe

Camping International Lido Luzern

Camping International Lido Luzern - Lidostrasse 19 - 6004 Luzern

Lidostrasse 19
CH - 6004 Luzern
Telefon: +41 (0)41 370 21 46
Telefax: +41 (0)41 370 21 45
E-Mail: luzern@camping-international.ch
Internet:www.camping-international.ch
UID-Nr.: 249738

Herr
Hun Kim

KOR -
Korea

Luzern, den 07.06.2017

Rechnung Nr.:17060262 Melde-Nr.: 5000257

RECHNUNG
Touristen-Platz: Zeltparzelle Gross Nr. 0080

Ankunft: 07.06.2017   **Abreise: 08.06.2017**

Anzahl	Leistung	von - bis	Nächte	Einzel-Preis	MwSt	Gesamt-Preis
2	Erwachsene	07.06.17 - 08.06.17	1	10.00 CHF	3.8 %	20.00 CHF
1	Stellplatz	07.06.17 - 08.06.17	1	10.00 CHF	3.8 %	10.00 CHF
1	Strom-Pauschale	07.06.17 - 08.06.17	1	4.00 CHF	3.8 %	4.00 CHF
2	Müllgebühr	07.06.17 - 08.06.17	1	0.50 CHF	8 %	1.00 CHF
	Kurtaxe:					
2	Erwachsene Kurtaxe	07.06.17 - 08.06.17	1	2.80 CHF	0 %	5.60 CHF

zu zahlender Betrag :	**40.60 CHF**
	39.80 €

(enthaltene Mehrwertsteuer: 3.8%=1.24 CHF 8%=0.07 CHF, Nettobetrag: 39.28 CHF)

Der Betrag wurde bezahlt Kreditkarte, 07.06.2017

Wir danken für Ihren Aufenthalt und wünschen Ihnen eine gute Fahrt.

Ihr Camping Lido Team

- Fischer Klara -

Hertz 렌터카 선불요금 Invoice

예약자	김헌 님
상품명	FR
영문성함	KIM HUN
예약번호	H2612525399
픽업일	6/5/2017
반납일	6/9/2017
임차일수	5
차량 등급	Compact Auto 4종보험(자차보험+차량도난보험+상해/휴대품보험+수퍼커버리지)
입금하실 금액	340 EUR
현지에서 지불하실 금액	
기준환율 안내	송금은 원화로 하며, 환율은 여행과 지도 홈페이지 왼쪽 하단에 기재되어 있습니다. (Ctrl키를 같이 누르세요)

상기와 같이 청구하오니 2017년 6월 2일 이전까지 아래 계좌로 송금하여 주시기 바랍니다. 입금은 반드시 예약자 성함으로 해주셔야 합니다.

다른 명의로 입금하신 경우 입금확인이 불가하며 입금이 확인되지 않은 예약은 취소될 수 있습니다.

입금은 담당자가 수시로 확인하며, 입금 당일 오후에 입금확인 메일 발송해드립니다.

입금확인서를 받지 못하신 경우에는 반드시 연락 주시기 바랍니다

입금계좌 :

HERTZ FRANCE S.A.S
AU CAPITAL DE 70 962 390 E
SIREN:377 839 667 / R.C.S. VERSAILLES

No. de Facture:	002776839986	
Date:	09/06/2017	
No. de Contrat:	553038010	

SOCIETE:
HERTZ FRANCE S.A.S
1/3 AVENUE DE WESTPHALIE
IMMEUBLE FUTURA 3
78180 MONTIGNY BRETONNEUX
FRANCE
TVA No.:   FR02377839667

FACTURE
DUPLICATA
CERTIFIE CONFORME

Conducteur: KIM HUN
Client No.:   ************** EUR
CDP No.:   1854350
Description CDP: TRAVEL & MAP

NATIONAL HEALTH INSURANCE CORP
KIM HUN
79 JEONHA-RO 176BEON-GIL
GIMHAE-SI
50393
SOUTH KOREA

REFERENCES DE LOCATION
No. de Contrat: 553038010
Reservation: H2612525399
IATA/TACO: 00262231
I.T. No.:   HGSA
Bon: KHM0278
Ref. Societe: KIM JIHEE

DETAILS DE LOCATION
Tarif: ZAASIA   ASIAN STANDARDS
Lieu de Depart: 05/06/2017 08:24
                PARIS GARE DU NORD
Lieu de Retour: 09/06/2017 11:41
                ROISSY CDG AIRPORT
Vehicule: CIT C4PICAS D BB EL-645-RJ
                     0156CC DIESEL
Facture: F   KM/MI Retour 6,010
Loue: F   Depart   4,077
Reserve: F   Parcourus 1,933

DETAIL DES TAXES(TVA)
A @ 20.00%	12.50 =	2.50
B @ 20.00%	17.92 =	3.58
TOTAL	30.42 =	6.08 EUR

Date TVA: 09/06/2017
Code TVA: LOCATION
N. de TVA client:
CARBURANT HORS TVA   2.17 X 8.25L = 17.92
Taux de CO2:   103

FRAIS DE LOCATION
CARBURANT HORS TVA	17.92 B
SERVICE POUR CARBURANT	12.50 A
TVA	6.08
MONTANT FACTURE	36.50 EUR

INFORMATION COMPLEMENTAIRE

CONDITIONS DE PAIEMENT:

PENALITES DE RETARD CALCULEES A COMPTER DE LA DATE D'EXIGIBILITE EN
APPLIQUANT AU MONTANT RESTANT DU 3 FOIS LE TAUX D'INTERET LEGAL EN
VIGUEUR A CETTE MEME DATE. S'IL Y A LIEU DES FRAIS DE DOSSIER
POUR AMENDES/INFRACTIONS AU CODE DE LA ROUTE AINSI QUE LA FRANCHISE
DOMMAGE OU VOL SERONT FACTURES ULTERIEUREMENT.
NOTE. CECI EST UNE FACTURE AVEC TVA ET NON ESCOMPTABLE.
TVA ACQUITTEE SUR LES DEBITS

Adresser vos reglements a:
HERTZ FRANCE S.A.S
DEPT CAISSE
1/3 AVENUE DE WESTPHALIE
78180 MONTIGNY L BRETONNEU
FRANCE

Pour tout renseignement:

Telephone: 0033 (0)825 800 900
Fax: WWW.HERTZ.COM
Web: www.hertz.com

CECI N'EST PAS UNE DEMANDE DE PAIEMENT.
CE MONTANT SERA DEBITE SUR VOTRE COMPTE
EUROCARD

NET A PAYER:	36.50 EUR

GCM93 INV

Booking.com

✔ 감사해요, **HUN 님!**

파리 시내 예약이 확정되었습니다.

✓ **6월 2일**, 호텔 드 류로페 - 파리 북역에서 뵙겠습니다!

✓ 결제는 숙소로 직접 하시게 됩니다. 모든 결제는 호텔 드 류로페 - 파리 북역에서 직접 진행하오니 아래 안내를 꼭 확인해주시기 바랍니다

✓ 2017년 5월 30일 오후 11:59까지 무료로 취소하실 수 있습니다. 클릭 몇 번으로 예약을 변경하거나 숙소에 질문하실 수 있습니다

[예약 변경하기]   [예약 확인서 모바일에 저장]

호텔 드 류로페 - 파리 북역

98 Boulevard De Magenta, 10th arr., 파리, 75010, 프랑스 - 경로 표시
전화: +33140377115

내 예약

프린트 버전 보기

3박, 1객실

€ 351

체크인	체크아웃
2017년 6월 2일 (금)	2017년 6월 5일 (월)
(14:00부터)	(11:00까지)

날짜 변경

선결제

선결제가 필요 없습니다.

취소 수수료

• 2017년 5월 30일 오후 11:59 [파리] 이전: € 0
• 수수료 발생 시점 - 2017년 5월 31일 오전 12:00 [파리]: € 120

[예약 취소]

여행 일정표

날 짜	국 가	내 용
6.1(목)	한국(창원) 중국(북경)	09:00 집에서 출발(택시) ⇨ 남산터미널 09:30 남산터미널 출발(공항버스) ⇨ 김해공항 12:45 김해공항(CA130, 중국국제항공) 　　　⇨ 14:05 베이징 도착
6.2(금)	중국(북경) 프랑스(파리)	02:05 베이징(CA875) 　　　⇨ 07:25 파리 드골공항(CDG) 도착 08:30 드골공항 출발(RER) ⇨ 09:10 파리 북역 도착 09:30 호텔 도착 10:30 파리 시내 투어(BIG BUS) 　　　－ 에펠탑, 몽마르뜨 언덕 등 　　　－ 호텔 숙박(Hôtel de l'Europe) 　　　 / 파리 북역 인근
6.3(토)	프랑스(파리)	10:00 파리 시내 관광(BIG BUS 투어) 　　　－ 루브르 박물관, 개선문, 베르사유 궁전 등 　　　－ 호텔 숙박(Hôtel de l'Europe)
6.4(일)	영국(런던)	08:13 Eurostar 　　　〈파리, 북역 ⇨ 런던, 세인트 판크라스역〉 　　　－ GOLDEN TOUR / 버스 20:00 Eurostar 　　　〈런던, 세인트 판크라스역 ⇨ 파리, 북역〉 　　　－ 호텔 숙박(Hôtel de l'Europe)
6.5(월)	프랑스 (파리, 콜마르)	07:30 호텔 체크 아웃 08:00 hertz 렌트카 인수(파리 북역 사무실) 10:00 테카트론에서 텐트 구입, 까르푸에서 식품 및 　　　콘센트 구입(캠핑장 용) 12:00 파리 출발 　　　⇨ 19:00 프랑스 콜마르(COLMAR) 도착 　　　(482km, 7시간) 19:00 콜마르 시내 관광 23:00 콜마르 시내 호텔 숙박

6.6(화)	프랑스(콜마르) 스위스	09:00 호텔 출발 　　　⇨ 13:00 스위스 뇌샤텔(neuchatel) 도착, 18:00 숙박(스위스) Camping Jungfrau Holiday 　　　Park
6.7(수)	스위스	10:00 융프라우 캠핑장 출발 ⇨ 11:10 라우터브루넨 　　　(Lauterbrunnen)⇨ 툰(Thun)공원 ⇨ 브리 　　　엔츠(Brienz) ⇨ 룽게른(Lungern)/브뤼니히 　　　(brunig) 고개 ⇨ 루체른(Luzern) 　　　- 숙박 / Camping International Lido 　　　　Luzern
6.8(목)	스위스 프랑스(파리)	12:00 캠핑장 출발 　　　- 알트도르프(altdorf) ⇨ 슈비츠(schwyz) 　　　　⇨ 취리히(Zurich) ⇨ 파리 드골공항 　　　- 프랑스 고속도로 휴게소(자동차에서 숙박)
6.9(금)	프랑스(파리)	05:00 고속도로 휴게소 출발 11:30 렌트카 반납(드골공항 1터미널) 14:10 파리 드골공항 출발(CA876)
6.10(토)	중국(북경) 한국(창원)	06:30 중국 베이징 도착 08:25 베이징 출발(CA129) 　　　⇨ 11:45 김해 도착(부산공항) ⇨ 12:30 공항 출발(공항 리무진) ⇨ 13:00 창원 도착

지출 내역

항 목		금액(원)	내 역	기 타
차량	렌트비	417,860	340EUR (6.5-9) hertz	여행과 지도(선불)
	렌트카 추가비용	43,070	36.5EUR	hertz(후불) / 유류대
	네비게이션	70,000	GAMIN	여행과 지도
	유류대	236,300		4회 주유
여행자 보험		28,608	2명	MG 여행자보험
텐트	텐트(2~3인용)	44,100	35유로	DECATHLON
	아답터(캠핑장용)	21,420	16.4유로	Carrefour
	릴선(10M)	20,000		캠핑장
고속도로	통행료(프랑스)	88,330	프랑스	6회
	통행증(스위스)	47,600	스위스 비넷	40CHF
택시		9,000	파리	
주차비, 타임테이블 등		20,000		
식료품		120,000		

숙박	호텔(파리/프랑스)	464,200	3박(6.2~4) 360.40유로	호텔 드 류로페 – 파리 북역 부근
	호텔 (콜마르/프랑스)	71,800	1박(6.5) 55.60유로	
	캠핑장(스위스)	51,800	1박(6.6) 42CHF	융프라우 캠핑장 (Lauterbrunnen)
	캠핑장(스위스)	50,100	1박(6.7) 40.60CHF	LIDO 캠핑장 (Luzern)
와이파이 도시락		84,500	6.1~10	김해공항
관광	베르사유 입장권	74,000	모든 시설 포함(2명)	
	에펠탑 관광	74,400	2명	영어 가이드 투어
	빅 버스(파리)	89,860	44,930 (35.2유로)×2명	2일권
	런던1일 관광	652,100	326,050×2명	유로스타 및 그랜트투어 버스
RER 교통티켓		29,600	편도(2명)	파리공항⇨북역
paris visite(교통카드)		66,380	1일 자유이용	1~5존까지
항공권	항공권	1,655,200	827,600×2명	중국국제항공
	수수료	20,000	10,000×2명	
공항 리무진		32,000	8,000×2명×2회	창원⇨김해공항(왕복)
택시		8,000	4,000×2회	창원 시내 왕복

총 계	4,590,228